湛庐 CHEERS

与最聪明的人共同进化

HERE COMES EVERYBODY

CHEERS
湛庐

白鲸男孩乔西亚

[美]简·约伦(Jane Yolen) 著　周莉 译

Arch of Bone

浙江教育出版社·杭州

测一测 你了解《白鲸》及真实的捕鲸产业吗?

扫码加入书架
领取阅读激励

- 关于文学作品《白鲸》,以下描述错误的是:( )
  A. 作者是赫尔曼·麦尔维尔
  B. 以1820年的真实事件为原型
  C. 讲述了海上捕鲸人的残酷生活
  D. 书中的白鲸是一头性情温和的抹香鲸

扫码获取全部
测试题及答案
一起了解人类与
鲸的有趣历史

- 捕鲸行业是什么时候兴起的?( )
  A. 16世纪
  B. 17世纪
  C. 18世纪
  D. 19世纪

- 关于曾经的捕鲸之都——楠塔基特岛,以下描述不正确的是:( )
  A. 位于北太平洋上
  B. 后来,这里的石油产业代替了捕鲸业
  C. 19世纪成为全球捕鲸活动的中心
  D. 曾是全美最富裕的地区之一

扫描左侧二维码查看本书更多测试题

前 言
Arch of Bone

在距离马萨诸塞州的海岸 40 千米开外的地方,有一个小岛,叫楠塔基特。这个岛小极了,只有 22.5 千米长。现如今,楠塔基特岛是夏日的旅游地,我去玩过好几次。但在 18 世纪末到 19 世纪初这一段不长的时间内,这座小岛曾是世界的捕鲸之都,是全美国最富裕的地方之一。后来,人们发现了石油。石油是更经济、更便捷的能源,捕鲸不再是赚钱的行当,于是,捕鲸业也基本废止了。

这本书的故事就设定在当时的"世界捕鲸之都"——楠塔基特岛上。我创作这个故事的动力,主要是来自赫尔曼·麦尔维尔的著作《白鲸》。我第一次读《白鲸》是在高中,从那以后,它一直是我最爱的小说。这本极其浪漫的小说描绘了海上捕鲸人的残酷生活,它以 1820 年的真实事件为原型,讲述了一头巨大的抹香鲸摧毁了埃塞克斯号捕鲸船

白鲸男孩乔西亚 Arch of Bone

的故事，在新闻报道中，那头鲸是纯白色的。

那应该是头雌鲸。抹香鲸跟大象一样，也是母系社会动物，雌鲸集体抚养鲸群中的幼鲸，它们照看，甚至哺育彼此的幼崽。大家都知道，为了保护幼鲸，雌鲸总会采取行动，或者单兵出击，或者集体进攻。因此，那头两度撞击埃塞克斯号，使其沉入海底的鲸，很有可能是一心保护鲸群和幼鲸的雌性抹香鲸，而不是小说中复仇的雄性大白鲸，后者为了杀死在它背上留下捕鲸叉、脾气暴烈的亚哈船长，倾覆了一船的人。

连书中正直的大副斯塔巴克也没能幸免。唯一的幸存者是一名普通的水手，他趴在一口木棺上，没有沉入海底，活了下来。事实上，《白鲸》开篇的第一句就是这位幸存的水手对读者的开场白："叫我以实玛利。"

麦尔维尔的《白鲸》参考了真实的事件，而我的故事是麦尔维尔小说的延续，讲的是大副斯塔巴克的遗孀和儿子的故事，或者更准确地说，是斯塔巴克的儿子乔西亚的故事，这个故事迄今为止还没有人讲过。我借用了《白鲸》中的人物和场景，并从不同的角度加以展示，一些人物没有变，但

前　言

场景并不完全一致。在一系列的梦境中，有时我会借用原书中的场景，有时则将场景设置在别的地方。大家在故事里会发现许多向麦尔维尔致敬的地方。

愿大家在阅读本书的旅程中，楠塔基特雪橇滑行[①]得平稳又畅快。

简·约伦

2020 年 10 月

[①] 鲸被叉中后，在精疲力竭前会拖着捕鲸艇逃走，这段拖行被当地的捕鲸人称为楠塔基特雪橇滑行。——译者注

Arch of Bone

目 录
Arch of Bone

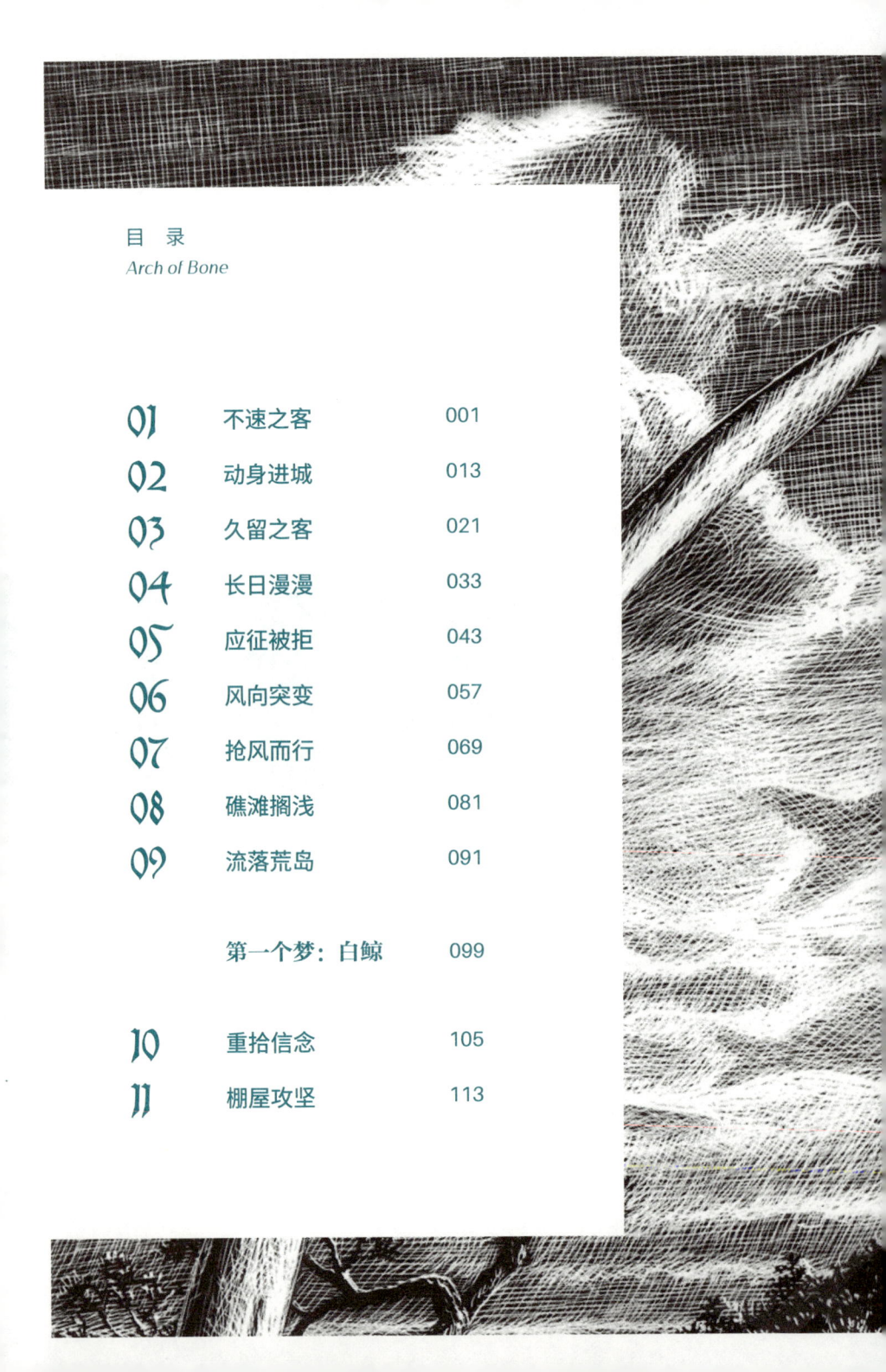

01　不速之客　　001
02　动身进城　　013
03　久留之客　　021
04　长日漫漫　　033
05　应征被拒　　043
06　风向突变　　057
07　抢风而行　　069
08　礁滩搁浅　　081
09　流落荒岛　　091

　　第一个梦：白鲸　　099

10　重拾信念　　105
11　棚屋攻坚　　113

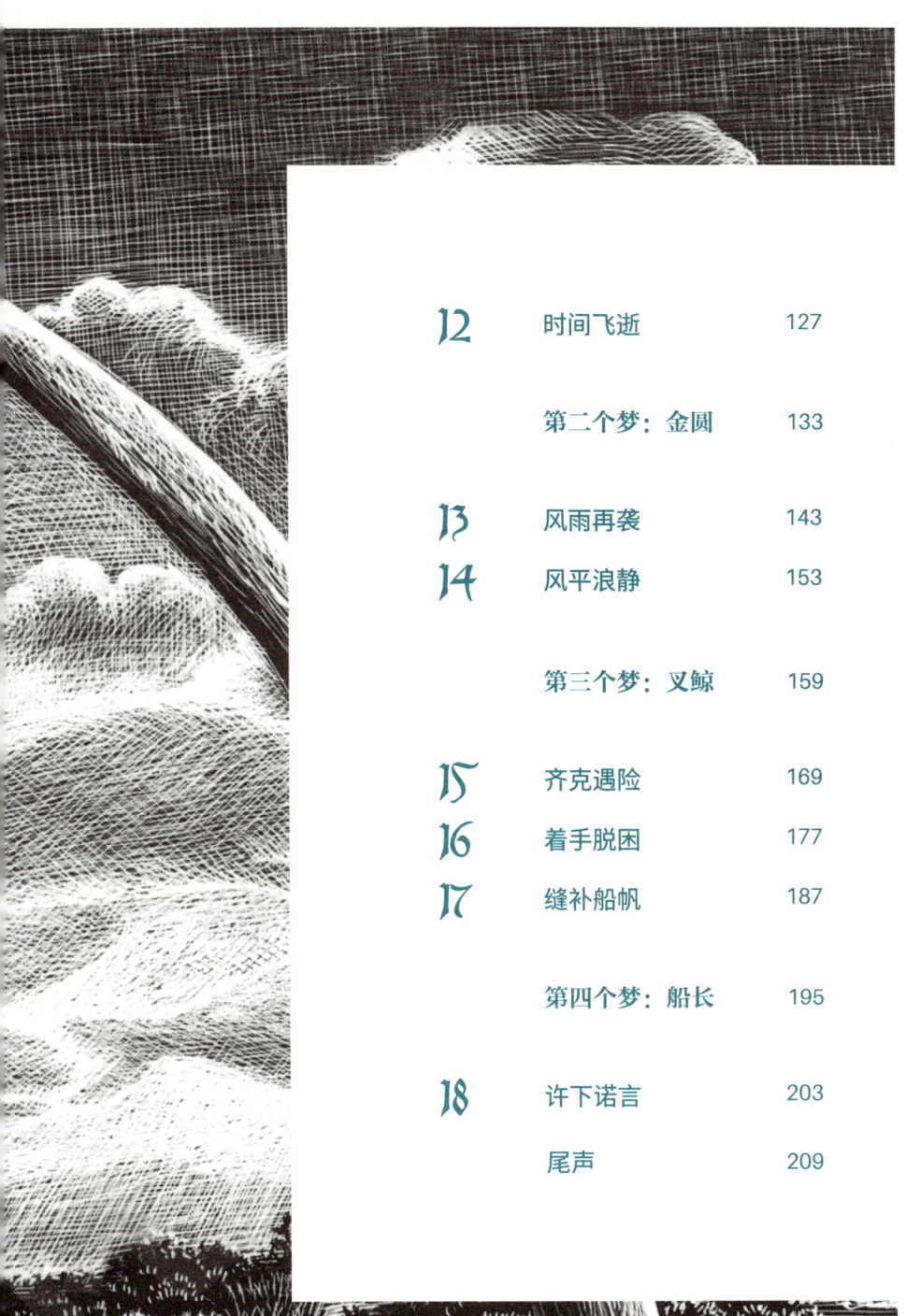

12	时间飞逝	127
	第二个梦：金圆	133
13	风雨再袭	143
14	风平浪静	153
	第三个梦：叉鲸	159
15	齐克遇险	169
16	着手脱困	177
17	缝补船帆	187
	第四个梦：船长	195
18	许下诺言	203
	尾声	209

利维坦……
它游过的地方留下一道发亮的波纹。

——《约伯记》第 41 章 32 节

01

不速之客

Arch of Bone

白鲸男孩乔西亚　Arch of Bone

听到敲门声，乔西亚打了个冷战。天没亮他就起来搬柴了，现在时间还早。这样早的敲门声只可能意味着噩耗，最糟糕的噩耗。捕鲸人的家庭随时为这样的噩耗做着准备，却永远无法真正准备好。

要不要叫醒妈妈？乔西亚犹豫了一下，还是决定不惊动她。这几个星期，妈妈身体一直不舒服，得好好休息。她冬天感染的咽炎还没好，经常整夜地咳嗽，有时还会发烧，乔西亚不想惊扰她。

在炉边堆放柴火的男孩直起身，不情愿地匆匆朝门口走去，仿佛抢在妈妈前面应了门，就能替妈妈担下这份突如其来的打击。

他一把拉开了门。

01 不速之客

石阶上站着一个男人,晚春的太阳照在他背后。他面貌粗陋,脸颊泛着跟磨损的旧硬币近似的古铜色,这个人显然在海上待过不少日子,黄色的头发一绺绺地打着卷,受惊似的立着。

男人眯着眼,像是在无情的大海上盯着地平线看了太多日子。他眼眶发红,目光里透着忧愁,看样子很少欢笑。男人的面貌很像捕鲸船上的水手,但穿得好一些。真的,看衣着,他像是早年出过海,但如今转行在镇上工作的人。

不过他来自哪座岛上的小镇呢?肯定不是楠塔基特岛,不然乔西亚应该认识他,楠塔基特岛这么小。

他从事什么工作呢?乔西亚也看不出来。

男孩的右手不由自主地移到了腰间,腰带上的皮鞘里妥帖地收着渔刀和马林钉[①]。那是他十岁生日的时候,爸爸送给他的礼物。爸爸嘱咐说:"你长大了,乔西亚,可以拥有自己的渔刀和马林钉了,不过只能用它们来捕鱼。"

乔西亚是虔诚的贵格会[②]家庭的孩子,当然明白不能把渔刀和马林钉用作武器,但这样重要的礼物,他总想带在身上。

---

① 马林钉是水手进行海洋作业的常用工具之一,呈锥状,可用于打结和整理绳索。——译者注
② 贵格会,公谊会的别称,提倡和平主义,反对一切暴力和战争。——译者注

"你干吗？"男孩问道。他已经顾不上礼貌了，因为他的生活有可能在下一刻被永久地改变。"大清早敲门，你是谁？"

男人左手拎着廉价的新旅行袋，微微颤抖的右手拿着帽子，回答的语气似乎有点儿犹豫。"我叫以实玛利，"他又补充道，"以实玛利·布莱克。这是斯塔巴克家吗？村里的人告诉我，这里是他家。"

乔西亚点点头。刚才男人说话的时候，他一直在想，这个叫以实玛利的男人，嗓音真像丧钟，低沉、洪亮，透着不祥。

果然，男人带来的是死亡的消息。

"我是一艘捕鲸船上唯一的幸存者。"男人伸出手来想要握手，乔西亚却没有伸手，因为他的手脚已经在瞬间变成了寒冰。

"那艘船是裴廓德号。"男人继续说道，"裴廓德号是我的大学，就跟耶鲁和哈佛一样，所有关于生死的感悟，我都是在它的甲板上体会到的。可它被莫比·迪克那头邪恶的白色巨鲸摧毁了。"男人的语速很快，似乎早经过长时间的演练，斟酌好了词句，可他没有拿捏好语气，他的声音冰冷、苍凉。

裴廓德号！

01 不速之客

这一刻,乔西亚再也无法心存侥幸——爸爸遇难了。他和妈妈猜测爸爸可能出事了,但他们一直对此避而不谈。妈妈常说:"好的不灵,坏的灵。"这是楠塔基特岛和其他捕鲸小镇上的人经常念叨的俗语。

这么长时间以来,裴廊德号一直没有音信,不知去向。人们说,有很多原因会导致航船不能准时回港,尤其是捕鲸船。哪怕没有遇险,赶上捕鲸旺季,或者在回程绕过合恩角[①]的时候撞上坏天气,都可能让船在海上滞留,而合恩角的天气在最理想的情况下也经常是变幻莫测的。

这些话妈妈挂在嘴上说了一个冬天。于是,他们等了又等,直到这一刻。

乔西亚一动不动,他没有请男人进屋,甚至没有对男人捎来消息表示感谢。我怎么知道,能不能相信这个目光忧愁的陌生人?他想。他说的是实话吗?可如果他不是以实玛利·布莱克,裴廊德号唯一的幸存者,他来这里又是为了什么呢?

男孩咬着下唇,过了好一会儿,才一言不发地侧了侧身,像迎接可怕的幽灵进门一样。这样待客十分失礼,一点儿也不友善,对贵格会家庭的孩子来说,这简直是罪过。

---

① 合恩角位于智利,是南美洲最南端的陆岬。——译者注

白鲸男孩乔西亚　　*Arch of Bone*

更糟糕的是，他的右手无意间摸到了装渔刀和马林钉的皮鞘。

这时，身后传来了妈妈虚弱却诚恳的声音。她的声音甚至没有颤抖，尽管她肯定听见了男人带来的噩耗。家里太小

01　不速之客

了，藏不住消息。

"快请进。您一定赶了很长的路。"

从地狱赶来的长路。不知道为什么，乔西亚脑中这样想道。

男人点点头，迈步进屋，乔西亚只好完全侧开身，给他让路。

家里名叫以西结（小名"齐克"）的大狗挨在炉边，几乎趴到灰堆里去了。它压着嗓子，冲着男人长长地吠叫了一声，但并没有做出其他的动作。爸爸常说，齐克很敏锐，能看出人的意图。

"您安排好住处了吗？"妈妈问道。

乔西亚不明白妈妈为什么这么平静，她仿佛已经安葬好了丈夫，不再悲伤。她甚至没有咳嗽。难道男人这样直接地带来爸爸的死讯，竟是奇迹般的良药吗？

"我刚从新贝德福德[①]过来，夫人。在那里，我一度得跟食人族挤在一张床上。我想，在这里的塔吉特旅馆，怎么也能找到一张更宽敞的床铺，"男人回答说，"而且我打听过，塔吉特旅馆离大副斯塔巴克的家很近。"

塔吉特旅馆靠近海边，是一家烟熏火燎的简陋小客栈。

---

① 　新贝德福德是美国马萨诸塞州南部最大的城市。——译者注

白鲸男孩乔西亚　　Arch of Bone

乔西亚小时候跟爸爸去过一次，当时爸爸是另一艘捕鲸船上的大副，得去招募船员。

乔西亚那时候才五岁半，爸爸接下来又要出海了，他一心黏着爸爸。可旅馆里好些人刺着吓人的刺青，他那会儿太小，本来就是容易做梦的年纪，又不知道那些刺在身上的骇人的东西是什么，吓得当晚就做了噩梦。

其中一个刺青男从床上跳起来的时候，浑身赤条条的，手里握着巨型标枪似的捕鲸叉。还有一个，也没穿衣服，戴着骷髅头形状的项链。乔西亚一家睡觉时都穿着睡衣，他不理解人为什么不穿衣服。真的，他当时觉得那帮人是想吃了他。

不过一旦那些人弄明白，眼前穿着灰绿色衣服的男人是来招水手的，一切就都好了。爸爸很镇静，这不过是他工作的一部分。回家的路上，爸爸小心地宽慰乔西亚。他解释说，那些人看着吓人，其实一点儿也不可怕，他们是出色的水手，投起捕鲸叉来厉害极了。而且他们生活在热带地区，睡觉不需要穿衣服。

尽管听了爸爸的解释，那天晚上乔西亚还是做噩梦了。直到妈妈说明了刺青是什么，他才不再做噩梦。后来，乔西亚也想刺一个刺青，可妈妈说他还太小。

宽恕是贵格会教友最重要的美德，妈妈作为楠塔基特教友会的文书，本应把宽恕视为生活中的头等大事，可她对爸

01　不速之客

爸带乔西亚去塔吉特旅馆一事却一直耿耿于怀。事实上，因为乔西亚一直做噩梦，妈妈念叨了爸爸好几个月。"你得让乔西亚对这样惊人的场面有点儿准备，"她指责说，"他这么温顺的孩子，怎么能冷不防地去水手住的客栈呢？"

乔西亚想，他对以实玛利·布莱克的戒心，也许是源于小时候那些被噩梦纠缠的夜晚。也许他应该审视自己的内心，多给这个男人一点儿时间。

"那地方太简陋了，"妈妈对男人说道，"不适合您这样出身的人。听话音，我就知道您是受过教育的。您是老师吧？"

"我在图书馆工作过，夫人。"男人飞快地回答说。

这语速也太快了，乔西亚想道。他铁了心要讨厌这个男人，因此哪怕男人没有错处，他也想找碴儿。男孩几乎立刻改变了想法：什么再多给他一点儿时间，去他的吧。

"确切地说，我在一家私人图书馆工作过，"男人补充道，似乎两者毫无差别，"替雇主整理图书。有时候，只要他准许，我就在书架间翻阅。还有些时候，我会给雇主读小说和法律文件。不管多有钱，年纪大了，眼神就会变差。小时候，父亲教会了我认字，那时候他干完自家农场的活儿以后，晚上还要去打扫教堂。"

"您果然是文化人。"妈妈说，"请在我们家里住下吧。

贵格会鼓励人们不断进步，我们都应该成为更好的自己。"说这些话的时候，妈妈瞥了一眼乔西亚。

乔西亚很了解母亲，她应该会就此时的感叹思考许久，并在下一次首日聚会上谈论自己的所思所想。

妈妈小心地喘了口气，确保压下了咳嗽。"楼上还有一张床，欢迎您住下。图书馆员都擅长讲故事，您可以给我们讲讲您的经历，一定很惊心动魄。拜托您讲得细致一点儿，您的讲述应该是我们能够得到的最终消息了。"

妈妈说这番话的时候，眼中似乎闪着光，仿佛她请男人讲的是童话，就像乔西亚小时候听妈妈讲的睡前故事一样：故事里的鱼儿会说话，还会实现你的三个愿望。

可乔西亚更仔细地瞧了瞧，那闪光其实是妈妈噙在眼里的泪花，他这才明白，原来妈妈正在心里默默地哭泣。她是楠塔基特岛养育的虔诚的教友，坚定、顽强，在丈夫远航期间，精打细算地操持着这个家，她不会在陌生人面前流泪，让丈夫在死后蒙羞。

她也不会在我面前流泪。可恶的家伙，让她这么难过。乔西亚想道。可他突然意识到，他拿不准自己骂的是眼前的以实玛利，还是裴廓德号的船长，或者其实他骂的是自己的父亲。

男孩立刻收回了这句咒骂。他的脸颊烧了起来，自己竟

01　不速之客

然生出了骂人的念头,还用了坏词。

"这孩子长得真像斯塔巴克。"男人突然说道。他或许是想说句恭维话,乔西亚听了却很不痛快。

事实上,人们大多认为他的长相随妈妈。他和妈妈一样,身量苗条,但他的皮肤像爸爸,干净紧致。他还遗传了妈妈粉嫩的面颊,时常脸红,看上去不大像男孩,更像小姑娘。在眼前号称当过图书馆馆员又出过海的男人的端详下,他的脸更是红得不像话。乔西亚14岁了,这样一张容易红的嫩脸让他很尴尬,已经有朋友拿这一点无情地嘲笑过他了。

"你是来通知我爸爸的死讯,还是来评价我的长相的?"乔西亚突如其来的怒火表露得很明显,他面颊通红,双手颤抖。

"乔西亚,注意礼貌。"妈妈告诫说,"愤怒是对自己犯下的罪过。你知道,以实玛利·布莱克先生在这里人生地不熟,我们应该……"

乔西亚没有再听下去,家里突然让他憋屈得难受,似乎还笼罩着奇怪的黑雾,他的眼前一片模糊,喘不上气。于是他转身跑了出去,奔向楠塔基特岛清新的空气中。忠实的齐克蹦跳着跟在他身后。

02

动身进城

Arch of Bone

白鲸男孩乔西亚　　Arch of Bone

　　一间间小木屋紧紧地挨着，跟它们的贵格会主人一样结实、朴素。乔西亚把这些木屋甩在身后，沿着铺满卵石的街道飞奔。

　　他经过了曾叔祖约瑟夫·斯塔巴克家的三栋砖房。曾叔祖靠鲸油发了财，给三个儿子各建了一栋砖房。可曾叔祖没有帮衬本家的子弟，比如乔西亚的爷爷就得在甲板上打拼，只能住在镇子边上，无法在镇上安家。奶奶对此颇有怨言，但爷爷和爸爸从来没有抱怨过。

　　乔西亚飞快地跑到了两侧围着低矮绳栏的港口。透过眼角的余光，他能看见镇北的小丘上立着一排风车，风车伸着长长的"胳膊"捕捉着海风。

　　乔西亚打小熟悉这片岬湾，他是在这儿的码头学会走路

02　动身进城

的，这里的一切他几乎在顷刻间就尽收眼底。这里即使雾再浓，天再黑，他也不会迷路。可是此刻，在飘着浓重鲸油味的咸腥空气里，熟悉的小镇和海岬却像突然逼近的两头野兽，用利爪钳住了他的咽喉。他不想待在这里。

乔西亚调转身，快步朝岬湾的另一头走去。那里的公共绿地上有一群羊，他喝令齐克跟在脚边，这会儿他可不想让大狗招惹别人家的羊群。

走到远处没人看见的地方，乔西亚一头扑倒在又咸又湿的草地上哭泣起来。他不在乎衣裤被打湿、弄脏，也不在乎自己在早春的寒风中冷得发抖。他泪水长流，几乎像以实玛利·布莱克前来报丧的路途那么长。

齐克显得很不安，它不熟悉小主人的哭声。乔西亚打小不是爱哭的孩子，只在做噩梦的那阵子掉过泪。齐克不知道该怎么办，只能不停地扒拉小主人的胳膊，舔他的脖子，男孩只好扭过头，把脸埋在粗硬的狗毛里。面对小主人这不同寻常的悲伤和哭泣，大狗感到更不安了。

齐克陪着小主人趴了一阵子。羊群咩咩地叫着，小羊羔在嫩草间嬉戏，草叶沙沙作响。可这样的景象并不能安慰男孩和大狗，他们连头顶海鸥粗粝的叫声都没怎么留意。

乔西亚尽力不想父亲，可一幕幕画面却在脑海中飞快地浮现：笑嘻嘻地讲故事的爸爸、聚会中起身激动宣讲的爸

白鲸男孩乔西亚　　Arch of Bone

爸、弓着身子雕刻的爸爸……爸爸用鲸骨做过一个骨雕，刻的是楠塔基特雪橇滑行的场景：比一群公牛还要大出许多倍的鲸拖着捕鲸艇，艇里坐着三个水手和一个小伙计。

妈妈把这个骨雕放在壁炉架上，经常在客人面前展示。也许她现在正拿给以实玛利·布莱克瞧呢。乔西亚想。但这个念头让他心里很不舒服。

突然，乔西亚脑海中关于爸爸的所有画面被一扫而空，取而代之的是一头白色巨鲸尾鳍拍水的巨响。他又哭了起来，眼泪像决堤的洪水喷涌而出，齐克用粗糙的舌头拼命舔着小主人的脸。

到今天我才知道，还有这样巨大的白鲸。

乔西亚过了好一会儿才止住哭泣。齐克一直陪在小主人身边，它清澈的眼睛湿漉漉的，仿佛也哭了一场。

终于，男孩坐了起来。"好了，齐克，别再舔了！"他喝止住大狗，用亚麻衬衫的袖子擦了擦眼睛，抹去泪水。他哭得肚子疼，嗓子也疼，仿佛传染了妈妈的咽炎。鼻涕流得跟泛滥的春水一样，他又用袖子擦了擦。

02　动身进城

　　我的脸哭花了，肯定红通通的，跟女孩一样，像个小丫头。乔西亚想。这个念头让他打了个哆嗦。可其实他认识的女孩，不管是镇上的，还是贵格会的，大多很坚强。她们的父兄是海上的船员，这些女孩和她们的母亲宁死也不会在人前流泪，就像乔西亚的母亲一样。

　　乔西亚突然觉得身上发冷。该回家了，柴火还没堆好呢，还要挤牛奶、喂鸡、捡鸡蛋。爸爸把家托付给乔西亚，说他不在的时候，乔西亚就是家里的男子汉。

　　可乔西亚现在一脸泪痕，眼睛肿得跟溺死鬼一样，这样子怎么回家呢？

　　苦恼的男孩又哭了起来，生了病似的直吸溜鼻子。

　　齐克不知所措，在小主人的脚边烦恼地蹦跳着。一头落单的公羊跑到了跟前，大狗扑了上去。

　　"齐克，回来！"乔西亚喊道。大狗刹住脚，不甘地扭过头，带着愧色回到小主人身边，跟随他调头朝海边走去，任由糊涂的公羊自行回群。

　　一头黑脸的母羊在不远的路上溜达，一副对刚才的一幕毫不知情的模样，可当男孩带着大狗走近时，它急忙跑开了。这回齐克抖了抖身子，没有追上去。它紧跟着小主人到了海边。

　　乔西亚的喉间发出一声介于哭泣和呻吟之间的含糊的声

白鲸男孩乔西亚　　Arch of Bone

响，然后他蹚进水里，直到海水没过一半靴筒。齐克没有跟着小主人下水，它更喜欢稳固的陆地，不喜欢动荡的海水。可怜的齐克，乔西亚想，它小时候差点淹死，因此后来一直不喜欢待在船上。

乔西亚掬起一捧水，猛地泼在脸上。咸咸的海水蜇了眼睛，还呛进了鼻子，呛得他发出了马儿喷鼻子似的动静，但海水的寒意刺得他打了个激灵，令他平静了下来。

他慢吞吞地回到岸上，往镇子走去。一路上，他小心地让脑子空空如也，就和刚上学的孩子用来写字的石板一样。正在码头看捕鲸船归港的几个男孩跟他打招呼，他差点儿没听见。老艾布拉姆·夸里从他的身边走过，他也没留意。老艾布拉姆是楠塔基特岛上最后一个有印第安血统的人，这位老人通常会对男孩们说几句，见到女人或者女孩，却从不开口。

乔西亚甚至没有去数归港的捕鲸船，可以前，他总喜欢把波罗的海号、赤道号、玛莎号这些去往太平洋海域的捕鲸船的船名挂在嘴上，仿佛这些名字就是伟大的史诗。

狭窄而弯曲的大街上，穿着灰裙子的大婶们刚参加完聚会，她们亲热地跟乔西亚打招呼，乔西亚却没有回应。他看向黑沉沉的大西洋，波浪滚滚，如被放牧的羊群一般涌向海岸，浪尖泛着白沫，仿佛戴着白色的小帽。

02　动身进城

乔西亚望着天边正奋力挣脱云层囚禁的太阳，忍不住想，不知道爸爸葬身在太平洋哪片冰冷、黑暗的海域。

他打了个冷战，想道：爸爸遇难时，穿的还是头一次出海前当船长的爷爷送给他的靴子吗？身上的大衣，也是多年前第一次远航归来后买的那一件吗？

现在，乔西亚只能确定一点，那就是，即使爸爸真的遇难，留在了大海中，他的灵魂也一定得到了解脱，甚至已经到了水手们的天堂。在那里，他将歌颂大海恒久恩赐的美丽和丰饶，继续追寻无数巨大的鲸。

因为，爸爸就是这样的。乔西亚想。随即他又做出了修正：爸爸生前就是这样的。

他轻诵了一段简短的祷文。

突然间，他想起了家中的妈妈，顿时感到忧心忡忡：妈妈需要我。

妈妈恪守贵格会的教义，对那个以实玛利·布莱克友善有加。尽管那个男人带来了令人绝望的噩耗，妈妈依然要挽留他，为他提供食宿。她深爱的丈夫和他所有的伙伴都遇难了，而那个男人会慢慢讲述海难的细节，所有那些令人痛苦的可怕的细节。

是的！乔西亚想，就是这样，妈妈只是在遵循道义的教导，为苦痛中的人带去安慰。

可他又忍不住想道：有必要吗？人死不会复生。无论爸爸是被巨鲸杀死的，还是从桅杆上掉下来摔死的，或者是被阴险的船长害死的，总之爸爸不在了。他不该这么早去世，他还没有当上船长。乔西亚的爷爷和爷爷的祖辈都是船长，他们个个高寿，都是在床前子孙们的道别声中安然离世的。

爸爸还没能拥有自己的船，乔西亚痛苦地想，我也没来得及告诉他，我有多么爱他。

这一刻，乔西亚意识到自己有多么愤怒，他转身离开海港，快步朝自己家走去。

他希望那个以实玛利·布莱克早已告辞去了塔吉特旅馆，也许他已经回新贝德福德了，那样更好。男孩想，反正，只要别留在家里，和妈妈一起吃茶点就行。

但是，这个愿望和之后许多个愿望一样，并没有实现。

03

久留之客

Arch of Bone

白鲸男孩乔西亚　　Arch of Bone

男孩带着大狗气喘吁吁赶回家的时候,已经过了中饭时间,太阳开始往下落了。他推开家门,眼前的一幕让他很气恼,却并不十分意外。那位名叫以实玛利·布莱克的男人依然自在地坐在桌边,乔西亚已经出去几个小时了,他和妈妈却似乎没有动过窝,不过从桌上剩余的餐点来看,他们应该已经吃过一顿,甚至也许是两顿饭了。

餐盘里剩了一片黄油面包和不少面包屑,还有半瓶蓝莓果酱。奇怪,妈妈居然没有收拾餐桌。爸爸常说妈妈太喜欢收拾了。他曾开玩笑说:"有时候,饭还没吃完,她就开始收拾盘子了!"

妈妈正给男人倒茶,茶壶倾斜的角度很大,看来这应该是第五杯或第六杯了。这时她看到了站在门口的乔西亚。

03　久留之客

"是乔西亚吗？"她的语气仿佛有人不敲门就进了屋，"你跑到哪儿去了？我都开始担心了。"她一边问，一边给男人倒了一杯茶，又给自己也倒了一杯。

"和齐克出去清醒清醒。"乔西亚简短地回答说。幸好衬衫和裤子在回家的路上就干了，不然被问起来就尴尬了。

"小伙子是得时常让头脑清醒清醒。"男人说道，"我在他这个年纪的时候经常这样。出海对于我就是一种清醒的办法。没有什么比得上远航去东方……"

"你出海那会儿，也不算是小伙子了。"乔西亚压低声音说道。

好像只有妈妈听见了乔西亚的刻薄话，男人接着他自己的话说道："我正要和你妈妈讲我们发现白鲸那天的经历。"看样子，这个男人不怎么在意别人的话。

乔西亚忍不住想质问男人：他已经和妈妈在一起待了好几个小时，怎么也能不紧不慢地讲完捕鲸的"传奇"了吧？可另一方面，乔西亚又有些庆幸，妈妈不必在没有他陪伴和安慰的情况下，完整地听上一遍丈夫遇难的经历。

不过他没有开口，只是去碗橱拿了碗，给齐克接了一碗水，又给自己拿了盘子和茶杯，他饿了。妈妈喜爱烹饪，他在家时很少会饿肚子。

乔西亚伸手抓起桌上那片面包，用餐刀飞快地涂上果酱

白鲸男孩乔西亚　Arch of Bone

后就是一大口，几乎将整片面包吞了下去。然后他坐到桌边，扭头看了看妈妈，说道："如果妈妈能够承受，你就讲吧。但我可以肯定地告诉你，以实玛利·布莱克，讲完以后，你不会得到什么感谢。"

妈妈没有打断乔西亚，她作为本地教友会的文书，对于何时反驳、何时沉默有丰富的经验。但她警告似的给乔西亚倒了一杯茶，说道："祷告过后才能用餐。"说完，她追问道："你吃面包前祷告了吗，乔西亚？"

这个问题让乔西亚措手不及。他低下头看了看桌上的面包屑，又看了看吃了一半的面包，然后冲着剩下的食物伸出手，轻声说道："主啊，感谢您的馈赠。"

"虽然迟了一点儿，但还是有意义的。"妈妈轻轻地拍了拍乔西亚的头，说道。这本是责备，但此时母子俩需要这种触碰。乔西亚抬起头，他在妈妈眼中看到了爱和原谅。

03　久留之客

妈妈对男人和乔西亚说道:"晚上我们早点儿吃饭。你应该没吃午饭,乔西亚,我记得早饭也没吃。以实玛利·布莱克先生,不然就劳您在我准备晚饭的时候开始讲吧。讲一部分就好,今晚我还不想听完。不过至少开个头,好让我们都能睡个安稳觉。"

乔西亚默默地点了点头。他想感谢妈妈,感谢她心细如发,更感谢她贴心的信任。不过,既然自己不在的时候,男人没同妈妈讲海上的经历,那他们都聊了些什么呢?乔西亚实在琢磨不出来。也许是那个私人图书馆?是他们俩共同读过的书?或者是妈妈介绍了楠塔基特岛的风土人情,讲了讲岛上的历史?还是……乔西亚想得头都晕了。

"我不需要感谢。"男人把茶杯放在身前的桌上,礼貌地说。他像参加祈祷会那样合起双手,交叉着修长的手指,开口讲述起来。

"我就不从最初上船时讲起了,"他说道,"因为裴廓德号上的新伙伴告诉我,所有捕鲸的航行都是这样开始的,来自各地的人们聚到了一条船上。不过,我得专门说一说我的食人族朋友,他叫魁魁格,身上刺了许多刺青,是一个非常善良勇敢的人。他来自遥远的科科伏柯岛——也不知道我念对了没有,他经常纠正我的音调。他是岛上的王子,不过他跟童话故事里的王子可没有一点儿相似的地方,也完全不像摩西、雅各那些王子。我给雇我打理图书馆的老人读了不少故事，尤其在夜晚临睡的时候。那些故事没有一个字是我写的，可他却说我是他的莎士比亚。"

男人猛地吸了一口气，接着说了下去，乔西亚母子根本来不及插话。"是魁魁格无意中救了我，他自己却丧了命。"

胡说八道，乔西亚想，食人族朋友？怎么没在这个以实玛利·布莱克上裴廓德号前把他吃了？

但他又有些相信男人所言非虚，乔西亚见过捕鲸船上水手的样子，海岛上的食人族据说都是投掷鱼叉的一把好手，驾船去各个小岛猎捕食物对他们来说是稀松平常的事。他想起了小时候在塔吉特旅馆吓得他做噩梦的那帮人。

"我和魁魁格，"男人继续说道，"是在新贝德福德认识的。那天早上，我们坐着小船到了迷人的楠塔基特岛。你们的小岛干净整洁，散发着鲸油还有海洋的味道。"说到这里，男人笑了笑，被太阳晒得焦黑的皮肤衬得他的牙齿格外洁白，可他的眼睛却幽深得像乌云。"码头边，贵格会的女士们像灰色的小鸽子一样，三三两两快步行走着，赏心悦目。或许，斯塔巴克太太，"男人歪着脑袋对妈妈说道，"您也在其中。"

这歪脑袋的样子活像求偶的鸟儿。乔西亚想着，恶心得打了个寒战。

03　久留之客

男人像还在上学的孩子一样轻笑了一声,害得乔西亚又抖了一下。可男人没有注意到乔西亚疏离的神色,也没有注意到他的战抖,顾自继续讲了下去。"还有一帮男孩,他们跟乔西亚一样,年纪还小,不能出海,可他们兴致勃勃地瞧着水手们忙碌,那景象也很有意思。"男人朝乔西亚点了点头。他是不想冷落乔西亚,但这太尴尬了,乔西亚耸了耸肩。

即便男人瞧见了他耸肩,也没有表露出什么,继续慢悠悠地讲述着。

乔西亚不停地抖动着隐藏在桌下的左腿,仿佛裤腿里钻进了小鱼。他迫切地想听男人讲下去,可同时,他对男人要说的内容又有些抗拒,故事的结局会让他跟妈妈一样难以入眠。

"我和魁魁格沿着码头往下走,寻找着适合我们的船。"男人说道,他似乎丝毫没有注意到乔西亚的不耐烦,"我们经过了两艘要在海上航行三年的船——玲珑号和魔鬼号。我觉得两艘船的名字都不太吉利。魁魁格也认为'不能给船起不祥的名字'。"男人用一种奇怪的喉音讲述着,语调也很怪异。乔西亚想了想才突然明白过来,男人是在学食人族朋友的腔调。"在海上航行可千万不能暗示船太小。"男人挥了挥右手,总结道。

妈妈应了一声"是啊",一边叹息着,一边让男人继续。

白鲸男孩乔西亚　　Arch of Bone

"我们选定了接下来的一艘捕鲸船。它是当时已经不常见的老式的旧船,样子古朴又奇特,让我想起了在被雇去打理图书馆之前,曾在旅行途中见过的某些奇特的古堡……"

"是老法勒的裴廓德号!"乔西亚忍不住叫道,"它的样子的确与众不同。没错,那就是我爸爸出海的船。"叫完后他才想起,男人在刚见面的时候就提到了裴廓德号。乔西亚觉得自己活像个傻子,脑子里每回只能存放一个念头,他把嘴巴像老鼠夹一样紧紧地闭了起来。

妈妈把一只手放在乔西亚的胳膊上,示意他别太激动了,似乎也在提醒他记住,他们为什么坐在这里,接下来会听到什么。

母子俩的反应鼓舞了男人,他像扬起风帆的航船一样讲述得更起劲了。"哎呀!出海的准备工作太多了,你们应该也知道,搬东西装船,擦洗甲板,还要学着照顾船长和大副的各种情绪。裴廓德号的船长是个自大的老海盗,叫亚哈。这个名字,乔西亚,跟你我的名字一样,都有出处。你也许不知道,亚哈是古以色列王国的第七任君主,娶了西顿的公主耶洗别为妻。他是个软弱但又邪恶的人,受妻子控制,崇拜邪神巴力[1]。耶洗别后来被人们丢出窗外——"

---

[1] 巴力是古代迦南人和腓尼基人敬拜的至尊神祇的名字。——译者注

03　久留之客

"喂了狗。"乔西亚插了一句,打断了男人离题的冗长叙述。插话时,他忍不住想,倘若这个在图书馆工作过的水手,认为贵格会家庭的孩子不熟悉这些典籍,刚才这一句应该能纠正他的误解。

但事实证明,什么也阻止不了眼前的男人对他的故事精雕细琢,他一边讲着,一边插入好多题外话,还有题外话的题外话。

"真不知道亚哈船长的父母是怎么想的,给孩子起了这么个名字。"男人继续流畅地说道,"乔西亚,跟你同名的犹大君主[①]就不同,他是位明君,他——"

"我们用的是孩子爷爷的名字。"妈妈用坚定的语气说道。偶尔,爸爸只顾自己说得高兴的时候,妈妈也会用这种语气对他说话。有时候在首日聚会上,发言人忽视听众,妈妈作为文书也会使用这种语气。男人听出了妈妈的不快,他静默了一小会儿。

乔西亚抓住这个间隙,说道:"爸爸有时候也会东拉西扯个没完。"这句话让他的心口突然刀割一般疼了起来,因为他想到,无论是简短的小故事,还是扯个没完的故事,爸爸都不会再讲给他听了,他的肩上似乎压上了沉重的铁砧。

[①] 　约西亚(Josiah)是古中东南犹大王国的第十六任君主,与主人公乔西亚(Josiah)同名。——译者注

白鲸男孩乔西亚　　Arch of Bone

妈妈默默地站起身，再次烧水续满茶壶，给大家倒了茶。她又从食品柜里拿了一条黑面包和一罐果酱，果酱是去年全岛蓝莓大丰收的时候做的。妈妈这一番动作是为了给男人时间，让他重新开始讲述。

三个人都感觉到了室内的寒冷，但谁也没有提。男人重新开口讲了起来，他似乎希望能用故事缓解屋内的气氛。

"亚哈船长是个性情暴烈的人，据他本人说，他的右腿是象牙做的，因为一头大白鲸咬掉了他的右腿，差点要了他的命。这严重的伤势使他脾气越发暴烈，他发下重誓，要让那头巨鲸付出代价。"

乔西亚认为发这样的誓言是错误的。果然，没等多久，他就听见妈妈开了口，妈妈常常在聚会上提出这样的忠告。

妈妈正色道："'复仇在我，我必报应'。[①]"

"可是，"男人带着自得的微笑回应说，"在船上，船长是一切的主宰，因此这不能算作平常的复仇。"

此言一出，屋内陷入了让人难以忍受的沉默。乔西亚却有些高兴，他想：这下妈妈可算知道，这个男人是个什么样的人了。他以为妈妈或许会给这个男人一番教训，可妈妈说的却是："这样的话我丈夫也常说，为此我经常责备他。以实玛利·布莱克先生，我敦促您也更加努力，倾听内心深处

[①]　出自《罗马书》第12章19节。——译者注

03　久留之客

微小而平和的声音，有些人称它为良心的声音。"

妈妈猛地站起身。"我们明天再接着听吧，我还没完全做好心理准备。我要开始做晚饭了。就简单一点儿吧，乔西亚，去给我拿三个鸡蛋，看看菜园里有什么蔬菜，再去地窖找找，拿几个土豆和苹果。"

乔西亚很高兴，妈妈没有让那个以实玛利·布莱克去干这些活儿，在他看来，这标志着自己依旧是家里的男子汉。他二话不说立刻起身。

乔西亚往门口走去，妈妈对男人说道："从食品柜左边的那扇门上楼，有张床是给客人准备的。在我做好晚饭前，您或许想去祷告一下，再小睡一会儿。我劝您做个祷告，祷告什么都可以。或者，您也可以去海滩散散步，随您的心意。祝您做个美梦，愿您比出海时睡得香。"

说完，妈妈收拾好餐桌，背对着他们，在水槽边洗起了碗碟。

这个背影乔西亚已经相当熟悉，男人想要待下去，就得学会理解这个背影的含义才行。不过并不需要乔西亚多嘴，妈妈僵直的后背已经表明了一切。

显然，男人也明白了，他默默地去了楼上的客房。乔西亚停住脚，轻轻地抱了抱妈妈。毫不意外，妈妈跟平时一样挥挥手，把他"赶"了出去。

白鲸男孩乔西亚　　Arch of Bone

时间已经很晚了,母鸡们有点儿不乐意,但乔西亚还是坚持拿了三个蛋。菜园里还有些老豌豆,又从地窖里翻出了剩下的两个土豆和三个苹果,乔西亚拿回去给了妈妈,妈妈很满意。

三人再次坐到桌边吃晚饭时,气氛或许可以算得上宁静和谐,只可惜这份静默太过沉重,压得乔西亚胸口一直隐隐作痛。

男人的吃相并不像饿极了的水手,他斯文地用了餐。吃完后,他对乔西亚母子表达了由衷的谢意,随后就以疲倦为由回房去了。

乔西亚却还有爸爸托付的一些任务,他帮忙洗了碗,喂了狗,赶了鸡,还给壁炉添了柴,以保持家里前半夜的温度,楠塔基特岛四月的夜晚依然很冷。干完所有这些活儿以后,男孩回到自己的卧室,躺了下来。

他不知道男人今晚会梦见什么,但他自己在祷告的时候,不出意外都是在告慰死去的父亲,主要是保证自己会更加用心地照顾好妈妈。因为他知道,现在他是家里真正的男子汉了。至少,他希望能在相当长的一段时间里,像男子汉一样撑起这个家。

04

长日漫漫

Arch of Bone

白鲸男孩乔西亚　　Arch of Bone

乔西亚醒来时，已是明媚的早晨，鸟儿们在晨光中唱诗班似的合唱着，妈妈也在厨房里唱着歌。自打六个月以前，裴廓德号的船东法勒船长告诉他们裴廓德号失踪之后，再没有其他的消息传来，妈妈也一直没有唱过歌。

她怎么会在今早唱歌，在刚知道爸爸的死讯之后？乔西亚震惊极了。他本以为妈妈会偷偷地抹眼泪，或者至少伤心地叹息。

乔西亚起身穿好了衣服。今天不是星期日，也没有首日聚会，但他还是穿了参加聚会的衣服，又把装着渔刀和马林钉的皮鞘挂在了腰带上，腰带有点儿宽，皮鞘也有点儿挂不住。他想不出还有什么别的办法，只能这样纪念父亲。

他走出卧室的时候，另一个声音随着妈妈唱了起来。爸

04　长日漫漫

爸是洪亮的男中音，而那个声音要高一些、细一些，没有爸爸的声音浑厚，不过音准度比爸爸好一点儿。

乔西亚没有立刻辨识出那个声音，过了一会儿才意识到，原来唱歌的是那个不速之客，那个讲述父亲遇难经历的水手。他似乎对这首歌很熟悉，甚至唱起了和声。

和声！乔西亚简直要作呕。那个男人带进家中的是混乱、悲伤和恐惧。

男孩转身回到卧室，气冲冲地坐在床上，拽掉了聚会穿的鞋，穿上了平日的旧鞋，接着又换上旧腰带，把装着渔刀和马林钉的旧皮鞘挂了上去，比挂在集会用的腰带上稳当多了。

乔西亚走进厨房时，妈妈和男人不约而同地转过头来，但只有妈妈停住了歌声。她微笑着冲乔西亚点点头，转身摆放起了餐具——三人份的餐具。

男人却倚着墙，用乔西亚不熟悉的轻快的乡村调子继续唱着："威利，威利……"他唱完这一段，才坐到了桌边。

听歌词，这首歌跟鲸没有半点儿关系，它唱的是失去的爱，不过不是爱人离世，而是爱人的背弃。难怪妈妈在唱这首歌，她经常在心情烦乱的时候唱歌。可那个以实玛利·布莱克随着妈妈一起唱，往轻了说也是有失分寸的。

白鲸男孩乔西亚　Arch of Bone

他们在令人不适的沉默中吃着早饭，男人几次想要开一个话头，但乔西亚母子俩都很沉默，没有合适的时机。

"如果没有什么有意义的话要说，"妈妈常说，"最好就不要开口。"

早饭是简单的燕麦粥，男人吃完后，却立刻夸赞道："比水手的硬饼干强太多了。"在男人雾气般无孔不入的夸赞声中，乔西亚和妈妈默契地沉默着。等收拾完餐桌，清洗了餐具，妈妈转身朝向男人。

"我们在白天听完您的故事好吗？"她问道。她的声音柔和平静。"不需要讲得太细，只要讲那头鲸的部分就好。我是大副的妻子，"她的语气中带着一丝哽咽，"现在是寡妇了。这么多年，捕鲸船是怎么准备出海的，我也听了不少，虽然细节时常有点儿出入，但实质差别不大。说实话，以实玛利·布莱克先生，我亲爱的新朋友，在这个故事结局已然揭晓的情况下，我恐怕无法耐心地听完那些关于准备出海的内容。"

男人礼貌地点点头，表示理解。"那我就直奔重点了，斯塔巴克太太。不过，请牢记，亚哈船长出海追踪的可不是普通的鲸，他找的是那头叫作'莫比·迪克'的白色巨鲸。

04　长日漫漫

如果忘了这一点，这个故事将会像那位伟大的诗人所写的那样，'充满了喧嚣和狂躁，没有任何意义'。"

"这不是《圣经》里的话吧。"妈妈说道。

"这是莎士比亚说的，"男人回答说，"出自戏剧《麦克白》——"

"啊，"妈妈打断了男人的话，"我们不看戏，也不演戏。不过，如果您想推荐戏剧的话，岛上或许会有人感兴趣。"

"赶紧讲吧！"乔西亚叫道，"我快没有耐心了。我妈妈的耐心也要耗尽了。"他看了一眼妈妈，却见原本微笑着的妈妈突然抿紧嘴唇，露出了不赞同的神情。

"虽然我不赞同我儿子的表达方式，以实玛利·布莱克先生，"妈妈温和地说道，"但他说的并没有错。"

乔西亚很佩服妈妈，她用温和的方式表明了态度，这一招很有效，却又不会真伤着男人。

"如果说亚哈船长是个难缠的人，"男人迅速地讲述起来，"那么您的丈夫斯塔巴克大副，就是挡在他和船员之间坚实的防波堤。"

"恭维的话就不必说了，"妈妈说道，"我跟我丈夫处了大半辈子，他的优缺点我很清楚，他向来是尽责的人。我只想听你们在海上真实的经历。"

"我说的都是实情，斯塔巴克太太。"男人似乎有点儿

白鲸男孩乔西亚　*Arch of Bone*

生硬地说道,"大副了解船长暴躁的脾气,也清楚他想要报复那头白鲸的执念。可我们很多船员却以为白鲸是船长编造出来的怪物,直到它出现在眼前,亚哈船长投的捕鲸叉带着飘扬的红布带,扎在了它的背上。"

男人最后一句话的语气中似乎透着得意,乔西亚没忍住,讽刺道:"它的牙齿缝里恐怕还卡着船长的腿吧!"

"乔西亚……"妈妈发出了警告。

男人扭脸朝乔西亚露出了一个让人很不自在的微笑。"你说对了一点,小伙子,抹香鲸是最大的有齿鲸,牙齿的确很大。可船长那条腿跟约拿一样早被鲸吞下了肚[①],几个月前已经被消化了。如果你缺乏博物学知识,可理解不了这个故事。"

男人教训了一番之后,又转向妈妈说道:"斯塔巴克太太,您的丈夫正直尽责,他明白他在船上的职责是照顾船员,同时设法满足船长可能很难实现的要求。在裴廓德号上,这是非常艰难的任务,因此他受到了船上几乎所有人的敬重。"

这话太叫人难受了。乔西亚抬眼望向了天花板,妈妈立刻掉转目光看向地面。

[①]　约拿是古以色列国的先知,曾被吞入鱼腹三日三夜。——译者注

04　长日漫漫

屋内陷入了深深的沉默。在沉默中,乔西亚琢磨着男人所说的"几乎"的意思。是谁不敬重父亲呢?是船长,还是船员?也许就是眼前这个男人?或者是那头大白鲸?

男人没有纠正这个词,他没有迅速找补,也没有做出解释。乔西亚沉默着放过了这个问题,但这一疑问却像马林钉一样扎在了他的心里。

屋外阳光明媚,三个人挪到了户外。刚冒出新芽的树下有两张长椅,他们在长椅上坐了下来,乔西亚深深地吸了一口春天的空气。

男人清了清喉咙,松了松领巾,似乎准备讲述故事最后的部分了。

乔西亚知道这是最艰难的一部分,是父亲遇难的那部分,但他强迫自己在必须倾听前不去想它。

"就这样,我签了文件,成了裴廓德号的船员。"男人说道,"我乘过几次商船,有一些船上的经验,可那些经验在捕鲸船上几乎没有用,或者说在亚哈船长的船上没有用,因为以前我没有遇到过任何一位与他类似的船长。"

乔西亚忍不住探身问道:"那个独腿船长很凶吗?"

"凶。"这个字眼在男人嘴里转了转才说出来,"可有位船东跟我说,亚哈船长'虽然经常骂人,但心眼不坏'。他还说:'宁愿跟脾气坏一点儿但没有坏心眼的船长,也不要跟面上笑嘻嘻却一肚子坏水的船长。'"

乔西亚还没怎么理解这话里的意思,男人已经得意扬扬地补充道:"我信了那位船东的话,可我,或者说我们所有人都不知道,至少最初并不知道,虽然没有坏心眼,但执着于复仇的船长也是不可信的,最终他会害得船东破财,害得整船的人丢掉性命。"

乔西亚眼睁睁地看着妈妈伸出手,放在了男人的手上。"不是的,以实玛利·布莱克先生,"她安慰男人说,"并不是所有的人都遇难了。灾难的幸存者往往会归咎于自身,但这肯定不是您的过错。"

"活死人罢了,"男人回答说,他微微地皱起了眉,似乎对于自己依然活着感到抱歉,"因为我还有任务没完成。"

乔西亚想,我知道他指的是什么任务。

男人握住妈妈的手,凝望着她的脸庞说道:"唯有我一人逃脱,来报信于你。①"

---

① 译文引自《白鲸》,成时译,人民文学出版社2022年版。——编者注

04　长日漫漫

妈妈愣住了似的任由男人握着她的手，过了一会儿才轻轻地抽出手来。"这是《约伯记》里的话吧。"

"是的，这是约伯的话。"男人一副心领神会的迷人样子，冲着妈妈微笑道。

妈妈又是一愣，但她没有指出男人的错误，只是双手握在一起放在了腿上。

可乔西亚清楚男人说错了，这不是约伯的话，而是分别给约伯报信告知家中噩耗的四个人说的。妈妈特别喜欢这段解释人如何经受考验的经文，每回发生船难，或者有船只失踪后，她都会在集会的见证祷告中援引这段经文。可这一回，她失去的永远不可复得。

乔西亚琢磨了一小会儿，男人为什么把《约伯纪》里的话改了。是为了让他在故事里显得更重要，还是为了讨好有钱的寡妇？不过，乔西亚知道，妈妈并不富裕，她有的不过是这间小屋和富足的内心。而且按说，妈妈应该对奉承话有免疫的能力，可现在看来好像不是这样。乔西亚感到越来越愤怒。

乔西亚知道他不能再待在这里，看着妈妈落入这个骗子的魔咒。因此，他朝大狗打了个呼哨，抛下妈妈和男人，抛下才讲了一半、还没说到爸爸遇难的故事，奔上了去往小镇的路。他要去找他自己的伙伴们，就算他需要劝慰，他也希

白鲸男孩乔西亚　　*Arch of Bone*

望是来自同龄人的劝慰,因为只有他们才能理解真正的症结所在,提出建议。

在乔西亚的想象中,妈妈和男人温馨地手握着手。这子虚乌有的一幕在他的脑海中盘桓了很久。

05

应征被拒

Arch of Bone

白鲸男孩乔西亚 Arch of Bone

早晨阳光明媚,非常适合跑步,乔西亚的心情却阴沉沉的。他觉得自己是碍了事、惹人厌、被打发出来的孩子。这是他没有体会过的感觉。爸爸和妈妈从来没有让他产生过这样的感觉,他们三个总是亲亲密密的一家人,从他还是小娃娃起,爸爸和妈妈就让他参与家中的一切,做每个重要的决定都要算上他一份。可他有不少朋友没有这样亲密的家庭关系,他们甚至不相信父母会跟孩子一起坐下来,像爸爸说的那样"来一场家庭座谈"。

齐克仿佛揣测出了小主人的心情,汪汪地叫了起来。

也许,乔西亚想,那个以实玛利·布莱克不知道浪子回头的寓言故事。可他突然又有点儿想不明白,他们谁才是故事里那个在外堕落、返家后被伤心的老父亲接纳的儿子。

这就是寓言故事的问题,它们有太多种解读的方式。

05　应征被拒

妈妈常说:"寓言跟任何故事一样,在讲述者和听众的口耳相传间会产生改变,它们是人生的教训,而不是生活本身。"

乔西亚放慢速度,走了起来。妈妈的智慧有时候假以时日才能理解,此刻他突然清楚地领会了妈妈话里的意思,他抽了抽鼻子,过重的抽气声吓了齐克一跳。

可他又想,真实的生活同样可以迅速改变。昨天早上我还有父有母,清楚自己人生的轨迹,今天就成了在黑暗的大海上漂泊的小船。

带着不祥的预感,或者说是臆想,乔西亚径直朝镇中心走去,他知道在那里总能找到几个伙伴。现在他需要的是伙伴,而不是在自己最需要的时候消失不见,或者握着陌生人的手,让自己的孩子失望的大人。

小镇就在眼前了,他看到港口附近有一群男孩。爸爸总用水手结打比方,每次他都会说:"孩子,一群人就像一个结,一定要确保那个结牢靠扎实,那些匆匆忙忙打出来的拙劣的结会给你带来麻烦。"

白鲸男孩乔西亚　Arch of Bone

乔西亚走近了才发现，这群男孩不怎么"牢靠"，里面没有一个他亲近的好朋友，大都是一些不完成学校功课，甚至逃课去钓鱼或者混进酒馆玩的孩子。其中的雷伯恩常常对大人出言不逊，甚至顶撞老师，就仗着他父亲担任港务长，算得上镇上的重要人物。雷伯恩身边是对他言听计从的表弟罗伯特。科芬家的双胞胎埃布尔和大卫也在，可他们基本只和彼此说话，不搭理旁人。彼得和往常一样，跟在最后。彼得的妈妈靠洗衣为生，她说她的男人已经过世了，可镇上没有人见过她的丈夫，她搬来的时候，彼得还是个小娃娃，有人嚼舌头说那会儿她身边就没有男人。妈妈总让乔西亚不要相信流言，要用自己的心寻找答案，但乔西亚觉得流言或许也有几分真实。不过，彼得是这群男孩里最踏实、最勤奋的。

乔西亚耸了耸肩，也许就像爸爸说的，流言只是另一种故事，尽管它们往往更像是残忍和狭隘的谎言。

"这个结不太牢靠。"他对齐克轻声说道。可大狗不明白什么是流言，也不懂得打结，它默默地紧紧跟随在小主人的脚边。

乔西亚带着大狗朝男孩们走去，尽管得忍耐另外四个人，但他对彼得有些好感，更重要的是，附近也没瞧见更要好的朋友。大狗很高兴，乔西亚却突然想不出可以说些什么

05　应征被拒

让自己不掉泪。上了年纪的人，还有小姑娘家，才会流泪，他想，我可不是。

可这个念头像海上突然刮起的狂风一样狠狠地打在他的脸上，泪水涌出他的眼眶——如果那个男人没有说谎，那么爸爸已经永远没有可能成为老人，像爷爷、像所有老去的海员那样，在炉火边讲述海上的故事，一直讲到深夜。

就在乔西亚思绪万千的时候，男孩们瞧见了他，他们一起迎了上来。已经来不及转身了，乔西亚急忙拽下领巾捂着脸，假装打了几个大喷嚏，借机擦掉了眼泪，然后挥了挥领巾，说道："春天，鼻子又有点儿不对劲。"男孩们怕传染，退后了一点儿。

眼泪已经擦掉了，乔西亚把领巾系回脖子上，说道："我有消息要告诉大家。"

男人口中的消息就是女人口中的八卦，在这群男孩的印象里，乔西亚基本不讲八卦。现在他难得有消息分享，他们顿时忘了他不对劲的鼻子，一下围了上来。不过，乔西亚鼻子的症状也已经消失了。

这样一窝蜂围上来听新闻的举动在岛上并不出奇。跟所有的岛屿一样，楠塔基特岛因为远离大陆，所以这里的人乐于分享本地消息，更重视亲密的伙伴关系。

乔西亚唯一知晓的说话方式就是实话实说："我妈妈成

白鲸男孩乔西亚　Arch of Bone

了寡妇，我没有爸爸了。"他的语速飞快，男孩们凑近努力听清楚。他们围得更紧了，一个个问题旋涡一样涌上来，浪潮般翻腾着索求答案。

"怎么了？"

"出了什么事？"

"谁告诉你的？"

"你确认了吗？"

"老法勒知道吗？"

"一头白鲸？不可能！"

"那个不请自来的家伙的话可信吗？"

男孩们打闹着，互相推搡拍打起来。

"别闹了！"乔西亚气哼哼地说，"我当然不想相信，可我不得不信。"他短促地吸了一口气："无论如何，我想这是真的。"

乔西亚威严的语气让男孩们安静了下来。

他开始从头讲述细节，至少是大部分的细节，从敲门声开始，但省略了他在草地上哭泣的部分。这是第一次，这群男孩的注意力完全集中在他身上，连平时冒失无礼的雷伯恩都收敛了。

05　应征被拒

听完乔西亚的讲述，男孩们没有说话，他们陪着乔西亚走到一处无人的码头坐下来，脚悬在退潮的海面上晃荡着。

他们默默地坐了好一会儿，乔西亚竭力忍住了抽噎，他不想破坏这新建立的伙伴关系。突然，雷伯恩说道："我们去找港务长吧。"

港务长就是雷伯恩的父亲，可雷伯恩向来用头衔称呼父亲，似乎这样他就有了某种地位。不过，这一招很多时候也确实有用。

"他能给乔西亚帮什么忙呢？"彼得提出了一个合理的问题。

这正是乔西亚想问雷伯恩的问题，要不是担心男孩们会闹起来，他差点儿伸手揽住彼得的肩膀。

雷伯恩有点儿不耐烦地解释说："港务长清楚一切船务，他知道所有船只的时间表和它们晚点的原因。他查查就知道那个叫以实玛利的家伙是不是真的签了裴廓德号，是不是一直在裴廓德号上，还是被调到了别的船上。"

从来没听雷伯恩讲过这么靠谱的话，乔西亚想。不过，这话他绝对不会说出口。

科芬兄弟俩对视了一眼，几乎同时开口说道："他还可以像父亲一样开导一下乔西亚。"

罗伯特也补充说："没准儿可以帮你登上捕鲸船，让你出海去——"

"别说傻话。"雷伯恩说道。这句训斥把罗伯特没说出的话堵了回去，对话戛然而止。

"我不知道……"乔西亚说。可他突然意识到，他想离开。离开楠塔基特岛或许是他能做的最好的事，他可以和成年男性相处一段时间，让头脑彻底冷静下来，而不是成天与母亲待在家里。尤其现在家里还有一个男子汉，一个似乎很得母亲喜爱的男人，而他只是受父亲托付、表现得像个男人的男孩。

不过，迄今为止，我表现得还不错。他苦涩地想。可他心里很清楚，他还不能乘捕鲸船出海，但也许可以试试其他的船。

"好的，"他对雷伯恩说道，"如果港务长有时间，我想见见他。真的，太谢谢你了。"

乔西亚很少用这么郑重的语气跟同龄人说话，但此刻他看着围在身边的伙伴们，满心感激，他觉得只有这样的语气才合适。

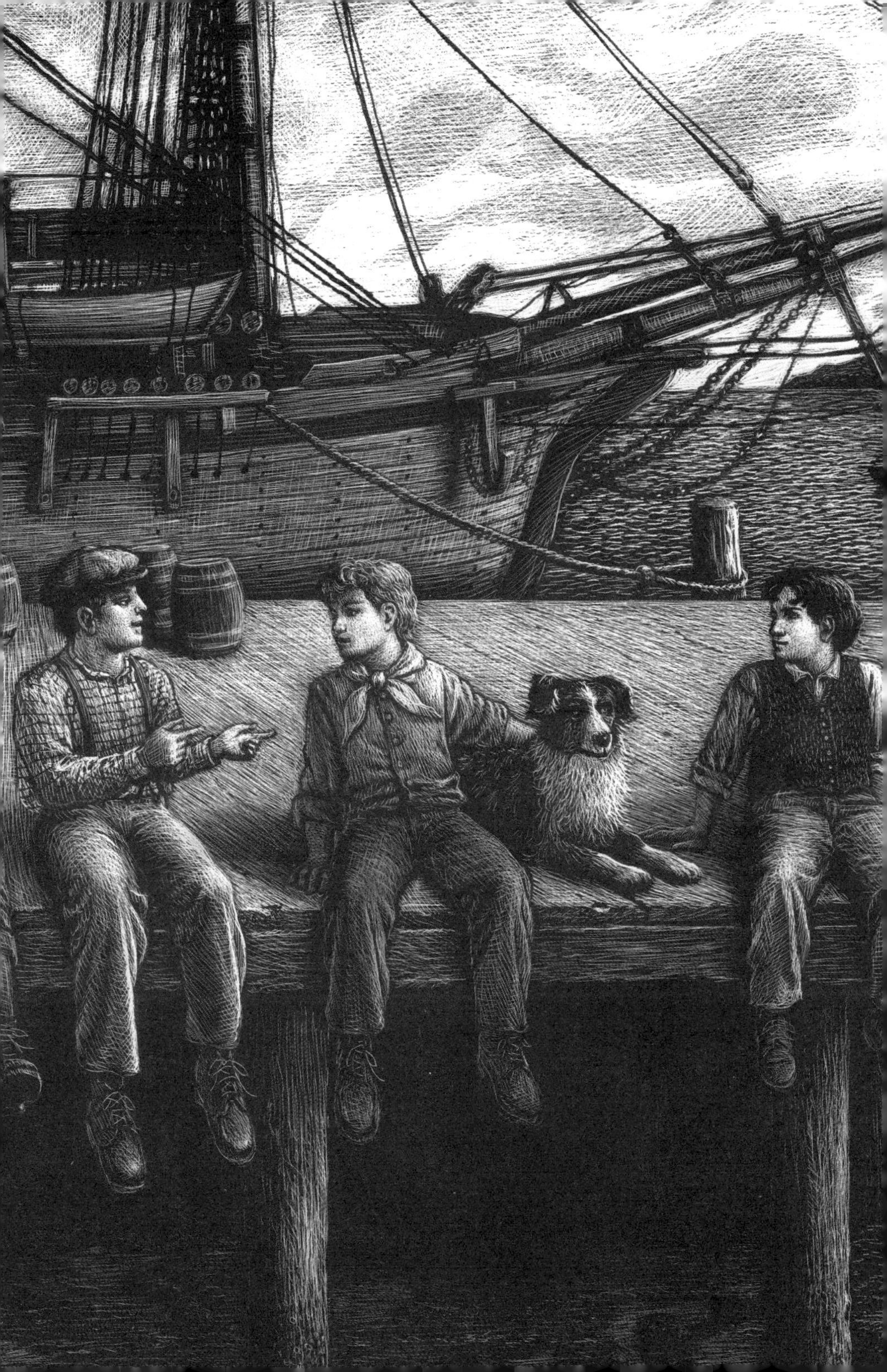

白鲸男孩乔西亚　Arch of Bone

他的心里还有一个念头，那就是父亲错看了这群男孩，他们很可靠。如果父亲错看了他们，那么在其他事情上，父亲没准儿也会犯错。

对于乔西亚来说，这是他思想上的一大飞跃。他一直把父亲视为理想——忠诚的丈夫、可靠的父亲、尽责的大副（无论就职于哪一艘船）。可是……乔西亚无奈地终结了之前的念头，有时候，即使是令人尊敬的人也会犯错。也许，港务长能弄清楚事实。

乔西亚对雷伯恩点点头，雷伯恩先站起身，其他人紧随其后：先是乔西亚，再是罗伯特和科芬家的两兄弟，最后是彼得，一行人朝着港务长的办公区走去。

港口旁有一栋楼，港务长的办公区在楼上，有三个简朴的房间，一间是办公室，一间是厨房，里面配有储备充足的食品柜，还有一间是临时宿舍，放了三张床，工作人员在处理风暴、船难、溺亡等灾难事故时可以在这里抽空小睡一会儿。

和港务长在一起的还有三个人，三人同时争抢着说话，

05　应征被拒

仿佛一群海鸥在争夺一块漂浮物。这三个人乔西亚一个也不认得，他们大概是船长或船东，因为他们都在开着玩笑抱怨招募不到船员。

男孩们没有敲门，直接闯进了办公室，打断了他们的正经事，三个男人都投来了不悦的目光，其中一个还重重地耸了耸肩，但男孩们也没做出解释。港务长赶忙给气恼的男人们比了一个小手势，意思是给他一点时间，让他应付这帮不速之客。

乔西亚认为这是一个好兆头，他可以主动应聘船员，这样也算多少解决了男人们招募不到人员的问题，同时还能解决他自己的问题。于是，他上前一步，努力微笑着，结结巴巴地说道："先生们，你们好，我……我……我想出海。我天生就是海员，我……我爷爷是船长，我……爸爸是大副……"

有两个男人不屑地摇了摇头。第三个留着小胡子的矮胖男人瞪大眼睛问道："你多大了，孩子？你上这儿来，你妈妈知道吗？"

雷伯恩不等乔西亚结结巴巴地开口，抢先回答说："他跟我同岁，先生，我爸爸认识他，他叫乔西亚·斯塔巴克，他……"

港务长把手放在乔西亚的肩上，说道："他是个聪明的好孩子，也是个好水手，他父亲是裴廓德号的大副——"

白鲸男孩乔西亚　　Arch of Bone

小胡子男人的眼睛一亮。"那个老疯子亚哈的船？听说逾期未归。"

"消息在这一带的岛上传得很快。"港务长体贴地安慰乔西亚。

"是啊。"另一个上了年纪、皱纹叠着皱纹的男人调侃道，"那速度，我敢担保，比长舌妇的流言还快。"

三个男人一听这话，一齐笑了起来，但港务长和男孩们没有出声，港务长显然在仔细琢磨接下来要说的话，男孩们则是因为看到了港务长竖起手指的警告，保持着安静。

港务长斟酌好话语后，平静地开了口："跟你们大陆上不一样，在我们岛上，这样的事情不好笑。不过，乔西亚的确和我的儿子雷伯恩同年。"他朝雷伯恩点了点头。"也就是说，他还不到自己签合同的年龄。他的父亲还在海上，他的母亲是我们楠塔基特岛贵格会的文书，我相信她是一定不会给儿子签这个字的。如果她征求我的意见，我也肯定会劝她，等孩子的父亲回家以后再让孩子出海。不过，她在我们社区非常受人尊敬，会自己拿主意。她可不是好惹的，先生们，她勇敢直言，相当清楚如何面对强权，请记住这一点。"

"啊！"小胡子男人一副恍然大悟的样子说道，"原来是贵格会的女士。我们三个也是教友。我们哪有什么强权，有的只是天天对我们勇敢直言的老婆。"

05　应征被拒

另外两个人强忍着笑，赞同地点着头，但他们还是没憋住，笑了出来。

港务长转过脸看向乔西亚。"你来这儿的事，我不会告诉你妈妈，乔西亚。你很聪明，我相信你也不会提的。好了，孩子们，"他对男孩们说道，"让我们大人干正事吧。"

男孩们知道不能再说什么，只能离开了。于是他们默默地走出门，下了楼，齐克欢快地迎了上来，可它没有得到回应。

一阵东风在耳边呼呼地吹着，他们谁也没有说话，哪怕他们已经走到了人行道上，可以开始抱怨了。那三个男人话中的不公和港务长的应付灼烧着乔西亚的胸膛，烧得令他作呕。

他险些真的吐了出来。

06

风向突变

Arch of Bone

白鲸男孩乔西亚　　*Arch of Bone*

乔西亚习惯于安静的集会,他还没有在集会上发过言,但妈妈的话总是很有感染力,而且几乎次次都针对令他纠结烦恼的情况,说到了他的心坎上,尽管那些烦恼他从来没有向妈妈倾诉过。但此时男孩们的沉默与在室内集会的安静不同,因为这份沉默没有带来任何希望。

乔西亚猛地甩了甩头,然后扭脸对雷伯恩说道:"我想驾船去海上冷静冷静,平复一下……"接下来的话他已经不想再说,也不能再说了。

男孩们点点头,他们都明白乔西亚的意思。

"我可以陪你去。"彼得表示。

雷伯恩问道:"你查看天气了吗?"

男孩们一齐把目光投向了南方,南边有点儿起风了。这些男孩都有自己的船,他们熟悉风和海浪,这是他们提到出

06　风向突变

海时考虑的第一件事，也是他们入睡前打听的最后一件事。

"我带着齐克，去去就回。"乔西亚说。

大狗听到自己的名字，支起耳朵抬了抬头，又把脑袋耷拉了下去，似乎在说它不想上乔西亚的小船。毕竟，晃晃悠悠的小船未必能一直浮在水上，大狗也保不齐会溺水。

毫无疑问，齐克不是爱戏水的狗，它宁愿避着风，待在坚实的地面上，搁着一碗肉的炉火旁才是它的归属。可男孩们忽视了大狗的意愿，它发出一声无奈的吠叫，望了望北方，然后抽着鼻子走了过来，紧贴在乔西亚的脚边，就差钻到小主人的裤子里去了。

除了埃布尔耸了耸肩，男孩们一起朝乔西亚点点头，转身回到大码头，在那里看着乔西亚出海。

乔西亚打了个呼哨，带着大狗朝港口的尽头走去，那里是一片光秃秃的沙滩，他的小帆船海燕号正舒舒服服地趴在沙滩上。

乔西亚可以叫伙伴们帮忙把小船推下水，那样能节省一半的时间，可他不想再开口，这是他的问题、他的愤懑、他要做的忏悔。唯一需要冷静的，他想，是我的头脑。

海燕号被系在粗大的缆绳柱上，潮汐最强的时候也没问题。乔西亚解开缆绳，拖拽着船尾让小船调了个头，细小的浪花拍在船舷上。

小船的桅杆稳稳地立在船头，一旦帆被拉紧，像极了海燕的翅膀，所以乔西亚给小船起名叫海燕号。他沿着沙滩把小船往海里拉，直到海水浸过吃水线，碎浪拍上船头。大狗闷闷不乐地跟在后面，但小主人并没有回头看它。

乔西亚十二岁生日时，爸爸给他造了海燕号。那时候爸爸作为裴廓德号的大副又要出海了，很可能没法回家给乔西亚过十三岁的生日，因此他在出海前抓紧时间给乔西亚上了三十几节操船课。

爸爸对乔西亚说："没准你十四岁的生日我也回不来。"不过，真正重要的是十五岁生日。岛上的男孩到了十五岁，通常就可以把自己称作大人，可以决定是继续念书，还是去当学徒学手艺，或者签合同去哪艘大船上当水手。

"那我十五岁生日，您能回来吗？"乔西亚当时问爸爸。爸爸不出所料地回答说："捕鲸船在海上的时间可说不准。"

这是乔西亚熟悉的回答。岛上的孩子，只要有个捕鲸的父亲，都听过这样的话，孩子们对此已经烂熟于心。

"时间说不准。"

06　风向突变

"如果正在捕鲸就回不来。"

"只要鲸油还在油汪汪地流着,就回不来。"

"得等船长发话。"

甚至永远回不来了,乔西亚想,但这一回他忍住了眼泪。永远也回不来了。

他把齐克抱进船尾,然后脱掉鞋袜,把袜子塞进鞋里,随后把各塞着一只袜子的鞋搁在大狗身边,嘱咐道:"好好看着!"

虽然齐克讨厌晃动的小船,但它听话地趴在硬邦邦的鞋子上,似乎拼命守好主人的鞋,它就能安全地远离残酷的大海。

接着,乔西亚弯下腰,把裤腿卷到了膝盖上,推起了小船。终于,小船漂起来,离开了沙滩,乔西亚从靠近岸边的左舷爬上了船。

他攀爬的姿态有些笨拙,在岸上观望的男孩们哄笑起来,装渔刀和马林钉的皮鞘也从腰带上松脱,落到舱底,掉在齐克的鼻子旁边。但乔西亚没有急着捡起皮鞘挂回腰带上,他知道皮鞘在舱底不会丢。

他也没有理会朋友们的哄笑。

他很骄傲自己没有弄湿裤子,这是他跟爸爸学习的第一课,跟操船课其他的内容一样,他学得很好。

白鲸男孩乔西亚　*Arch of Bone*

"谢谢您,爸爸。"他对着风低语道。

在船上穿着湿衣服不但不舒服,而且可能生病,因此行船要带雨具。乔西亚这次没带雨具,他没打算走远,只想在海上待一会儿,让头脑冷静一下。

虽然天有点暗,但刮的基本还是南风,更准确地说是东南风,天上也没有厚重的乌云,应该不太可能会有暴风雨。不过这个时节的暴风雨也可能说来就来,安全起见,他打算还是在海上稍微待一会儿就返航,让头脑冷静下来就行了。

幸好爸爸没有看见他手忙脚乱爬上海燕号的狼狈模样,也没有目睹他在三个老男人面前结巴着想在他们的船上谋个位置的样子。想到当时的情形,乔西亚顿时觉得羞愧难当,泪水也一下涌了出来,因为爸爸再也不会在身边帮助他或责备他了,永远不会了。

乔西亚划着老旧的单桨将海燕号驶向海港的更远处。途中,他时刻查看着风向,风依然稳定地从东南方吹来。

的确,乔西亚此时又气又伤心,甚至有点儿气急败坏,但他是个好水手,知道不能冒险,在海上待一个小时,他就会返航。返航时如果风向改变的话,或许得要两个小时,那时候他的头脑肯定冷静下来了。可能等他回到家,那个以实玛利·布莱克也已经离开了。

终于,乔西亚开始升帆。现在是侧风,帆鼓得不满,但

06　风向突变

小船开始悠悠地加速,不再像刚才那样缓慢无力了。可靠的海燕号是一艘安全、快乐的小船。

尽管海风比乔西亚预期的稍大,可海燕号的船帆很结实,它是爸爸拥有的第一艘小船上的船帆,用的是优质的帆布,船帆比船更耐久。爸爸常说,哪怕日晒雨淋,只要好好保养,帆就不会坏。

只要好好保养。这一点乔西亚会牢牢地记在心里。

然后,他放下中央舵板,握住舵柄,调整路线,准备驶出海港,顺着海岸航行,尽快让头脑冷静下来。

因为风向的轻微变化,海燕号轻轻一震,略微有点儿倾斜。乔西亚把重心朝迎风面移了移,保证小船适度的平衡,海燕号自己正了过来。

真是艘令人满意的小船,乔西亚又一次在心中感叹。爸爸造海燕号,用的是橡木的龙骨和松木的船板,花了不少钱。

乔西亚微微地翘了翘嘴角。岛上的人总说,贵格会教友花钱很少大手大脚。事实上,楠塔基特岛还有一句老话,说只有贵格会的人跟狡猾的北方佬买东西时,自己还能赚到钱。

也许父亲是超支了,乔西亚想,因为我是他的独子,他这辈子唯一的孩子。

乔西亚上头还有一对双生子,比乔西亚大四岁,可他们刚出生就夭折了。乔西亚经常想象,跟两个哥哥一起长大会是什么样子。他们要是活着,下个月就十八岁了。也许他们会跟爸爸一起出海。可那个以实玛利·布莱克说他是裴廓德号唯一的幸存者,也就是说,乔西亚的双胞胎哥哥就算当年没有夭折,现在也不在了。乔西亚轻轻地咬了咬嘴唇,又一次甩了甩头。想这些可不能帮我冷静下来。

很快,乔西亚将海燕号驶上了预定的航线,不过因为刚才那股意外的风,小船还有点儿打晃,乔西亚不禁又撇了撇嘴角。船摇一摇,帆晃一晃,爸爸头疼一下,乔西亚肚子难受一会儿,齐克抖上一阵子——在妈妈嘴里这些都是叫人担心的事。

也不知道妈妈怎么样了?这个问题他刚想了一下就甩了甩脑袋,他该想的是爸爸。不过现在他得先把家里的事完全放在脑后,专心操船。

风更大了,幸好不是呼啸的狂风,而是一股稳定的风,推着小船沿着海岸飞速前行。乔西亚专心地操着船,感到头脑渐渐冷静了下来。

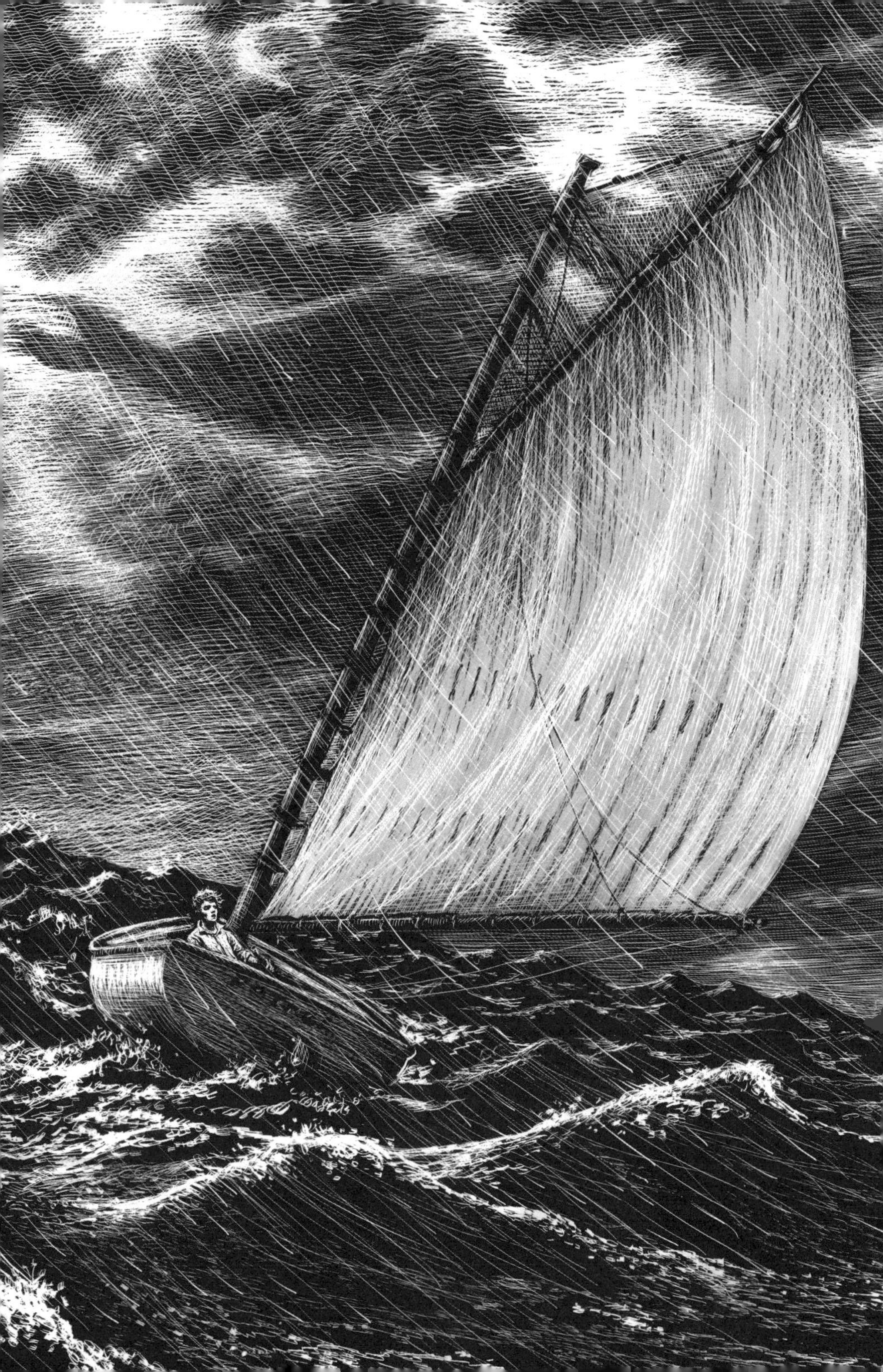

白鲸男孩乔西亚　　Arch of Bone

变猛的风声中,乔西亚隐约听到了另一种动静,也可能只是通过裸露的脚趾感受到了动静,那好像是从脚后边传来的慌乱的哀鸣声。他低头一看,只见齐克已经推开了奉命看守的鞋子,浑身发抖地四下张望。

乔西亚还没来得及猜测受惊的大狗想干什么,齐克已经把半个身子翻出了左舷,准备游向正在迅速消失的海岸,寻求安全。

"齐克!"乔西亚叫道。他松开舵柄,探出双手,拼命想要抓住大狗的腰。但大狗已经不管不顾地翻出左舷,扑通一声入了水,扎进了白色的浪花中。

乔西亚手忙脚乱地转身,把住船帆和船舵,又把塞着袜子的鞋和装着渔刀和马林钉的皮鞘推到安全的舵椅下。"就这样吧!"他嘟囔道,"傻狗!"

半分钟后,乔西亚重新稳住了船,他扭过头,眯着眼睛看大狗是否已经成功上岸。

齐克喜欢在水坑里扑腾,在平静的池塘里游得也不错,可眼下水流湍急,冲向深深的海沟,再汇入大海,什么样的狗都扛不住这样的急流,更何况是一只惧怕海水的狗。

沙滩边没有齐克的身影。大狗并没有在那里气鼓鼓地抖着毛,甩干海水,同时甩掉自己的紧张情绪。

哪里都不见大狗的踪影。

06　风向突变

"齐克？"乔西亚叫道。

没有回应。

他趴在左舷上喊道："齐克？"

恐怕是突然变猛的风把他的声音吹散了，乔西亚提高嗓门，又叫了一声："齐克！"

再接下来的一声，他的嗓音已经惊慌得嘶哑了。"齐克！"

男孩绝望地朝右舷望了一眼，这一回他瞧见了大狗起伏的脑袋。大狗根本没能往岸边游，它一定是被水流卷到了船底下，拼命挣扎着浮上来以后慌了神，挥爪扑腾着想要追上小船，可海燕号却被一阵阵风鼓着帆吹远了。

"大笨狗！"乔西亚吼道，但这一次他不是生气，而是害怕。他猛拉舵柄，一个急转，让海燕号迎风驶去，按爸爸的说法，这样帆就"卡死"了，不能灵活转动，改变吃风方向了。

乔西亚知道这样很危险，或许他切入风中的速度不够快，船帆没准儿会坏，海燕号甚至会被吞没，他将和齐克一样在水中求生，可他担心不这样做就来不及救齐克了。为了齐克，也为了他自己，乔西亚与风浪搏斗着。

07

抢风而行

Arch of Bone

白鲸男孩乔西亚　*Arch of Bone*

海燕号进了水，一半是越发黑沉的天空落下的雨水，还有一半是刚才急转时小船右倾，从船舷上涌进来的海水。可乔西亚没有时间舀水，他急着调整小船，靠近在水中疯狂扑腾挣扎着想要贴到船边的齐克。

然而贴到船边也无法让齐克更有底气，船身对它来说恐怕是一堵难以逾越的木墙。乔西亚冒着翻船落水的危险，趴在船舷上，努力想把它救上船。大狗在小主人倾身相救时，高兴地张嘴想要叫上一声，却被拍了一嘴海水。尽管它立刻吐出了不少水，但呛的这一下还是险些让它沉了下去，幸好乔西亚最后奋勇一探，抓住了齐克长乱的颈毛，拼命祈祷着，把它安全地拽上了船。

大狗回报小主人的，是在小主人光着的脚丫上一顿痛快的呕吐。

07　抢风而行

"谢谢，齐克！"乔西亚对大狗说，"幸好舱底水够多，能洗掉你吐的这些东西。"

乔西亚说这话原本是半开玩笑半埋怨，但他的语气里却透着后怕和宽慰。

齐克不知道是没有听见，还是依然怕得厉害，它没有回应，只是痛苦地趴在舱底，挣扎着向船头的内舱爬去。在它眼里，封闭的内舱应该很像安全的小山洞，它在里面缩成一团，无论乔西亚怎么呼唤都不肯出来。

乔西亚清楚，船中的积水很快就会让海燕号这样的小船变得不稳定。于是，他一手把着舵，努力调整船头背离风向，同时另一只手抄起水桶拼命舀水，尽量把船里的水舀出去。

船头背离风向，意味着他们将远离楠塔基特港，而不是按预期中的那样返回港口。他真想返回港口，把海燕号拉上沙滩，然后奔上山坡，跑回家去。

现在他已经准备好面对以实玛利·布莱克了。他要问出那个男人的意图，问出爸爸真正经历了什么，而不是被一个胡编乱造的故事搪塞过去。他要给妈妈一个拥抱，然后换上干衣服，坐下来喝茶。

然而顶风返航毫无成效，因为风已经从强烈的东南风转成了意外而危险的东北风。海燕号被风吹得直抖，乔西亚也因为体温骤降开始打战。裴廓德号那样的大船或许可以顶着风安全返航，可海燕号这样的单桅小帆船却没有可能。

海燕号是白天风平浪静时用的近海小船，现在的风浪已经远远超出了海燕号的极限，凭它的吨位根本无法应付，一个不小心，海燕号就会倾覆沉没，带着乔西亚和大狗一同葬身大海。

现在唯一的机会是减小船帆的迎风面，抢风而行，背着风向西行驶，尽快找到一个小港口停靠，等待暴风雨过去，或者在楠塔基特岛上随便哪一处上岸，冒着风雨走回家。

推断得很合理，孩子。风中传来了几乎微不可闻的话语，似乎是爸爸的声音。

乔西亚觉得说话的就是爸爸。

不用说，现在的危险在于，风不再是与船帆戏耍的小猫，而是在背后扑咬的猛虎。一旦他控帆掌舵不够小心、不够警醒，狂风就会把他推向无情的茫茫大海，若是他犯蠢，海燕号就完蛋了。

海洋已经夺去了您的性命，父亲，乔西亚想，我不能紧跟着您丧生在海上，妈妈会承受不住的。

当然，岛上许多女性经历过这样的痛苦。哪怕是在楠塔基特港中，大海也是掌管生死的残酷主宰，岛上的每一个孩子，无论男女，都被反复灌输了这一点。

07　抢风而行

是的，乔西亚对自己说，这风太猛了，或许我得一路行驶到楠塔基特岛的末端，在那里转向，可那个弯很难拐。在这样的风浪里，他需要集中全部精力才能完成转向。如果转向失败，他只好继续前行，在越来越暗的天色里冒险行驶几个小时，去往葡萄园岛[①]。

乔西亚希望自己确实像港务长说的那样是个好水手，否则，海燕号很有可能被推入广阔的大西洋，或者搁浅在某个未知的无名小岛可怕的浅滩或礁石上。对于海燕号这样的小船，这两种情况都很糟糕。

而且还有暴风雨。这似乎是父亲的声音，又或许只是乔西亚自己的想象。但他现在不敢分神。以身后这不断变猛的风势，他相信，只要自己保持冷静，在天完全黑下来之前，应该能赶到楠塔基特岛末端的拐弯处。希望他有好运气，到时候还有天光。

哦，妈妈，他狂乱地想，帮帮我，帮我找到光明。如果这世上有人知道如何寻找光明，那个人一定是您。

---

① 　马萨葡萄园岛，简称葡萄园岛，是美国马萨诸塞州外海的岛屿，在楠塔基特岛的西北部，是美国著名的度假胜地。——译者注

白鲸男孩乔西亚　　Arch of Bone

乔西亚估计得相当准确,海燕号飞速前行,似乎身后有一群狮子追赶着。海上的狮子,海狮!这是个很无聊的笑话,但在此时的情形下,任何玩笑都能帮助他缓解紧张的情绪。

风太猛了,乔西亚的动作又太慢,船帆被吹得鼓鼓的,那鼓胀的样子很像他听说过却从未见过的即将临盆的女人。

天越来越黑,大雨始终不停,海燕号被呼啸的狂风环绕着,速度一点儿没有减缓。乔西亚已经不知道时间了,他的精力全集中在了一边把稳小船,一边不停地往船外舀水上。他几乎没留意左舷有什么东西一掠而过,只是注意让海燕号与海岸保持足够的距离,以免小船冲上浅滩,被暗礁撞成碎片。

乔西亚没有带标注出危险浅滩的海图,他以前也很少驾船沿着海岸走这么远,更没有在夜间行过船。他能做的只有仔细观察,外加祈祷。

楠塔基特岛末端的海岸隐约可见,爸爸在耳边轻声提醒:小心那些该死的礁石。

雨水和不断溅进小船的海水已经使乔西亚浑身透湿,冷得直发抖,但他仍然眯起眼睛,透过雨帘竭力张望。没错,

07 抢风而行

那的确是楠塔基特岛的末端,他跟一帮朋友去那段海滩上露宿过一晚,不过那一回他没有开自己的船。

快到了。他心头燃起希望,给自己打着气。

现在,风基本稳定地从船的右后方吹来,因此他要把顺风的帆转向右舷。这个转帆技巧还是很早以前跟爸爸学的,他希望现在能好好用上。

乔西亚掌稳舵柄,把另一只舀水的手空出来,扶住船帆,开始转向,让小船进入他记忆中的小港口。天色太暗,港口已经看不清了。

眼看就要躲过狂风时,乔西亚耳边突然传来了父亲的警告:当心,孩子!当心!

还没等他摇头摆脱父亲的斥责,乔西亚就听见头顶传来可怕的刺啦声。他抬头一看,只见船帆底部撕裂了好几米,裂成两半的帆布在风中徒劳地拍打着。不过,船帆的顶部还没有裂。

撑住啊,乔西亚焦急地祈祷。他本能地站起身,想要把撕裂的船帆并在一起,却又听到了一声更加不祥的吱嘎声。

慌乱中,他用了两三秒才辨别出声音的来源,可一切为时已晚。减轻了负担的帆桁正迅速向他荡过来。他躲闪了一下,却仍不够快,也不够远,沉重的木桁狠狠地砸在了他的脑袋一侧。

白鲸男孩乔西亚　Arch of Bone

现在已无需父亲的警告，乔西亚最后一丝清醒的意识便是：这下真危险了。

他想要站稳，可脑袋上的那下重击痛得他几乎晕过去，他脚下一软，倒在还留了一点儿积水没有清空的舱底，跟齐克一样吐了起来。

也许只过了一小会儿，也许已经过去了好几个小时，乔西亚终于又能坐起来了。他无法判断过了多久，只知道天已经彻底黑了。

风还在海燕号上方呼啸，乔西亚的脑袋像教堂报时的大钟一样嗡嗡作响，他数了脑中十四下"钟声"，就没有再数下去了。

他小心地坐直身子，突然，脑袋上唯一不疼的地方被舔了一下，他扭脸看去，正对上齐克的脸。它是从哪儿爬出来的？乔西亚已经有点儿想不起之前把齐克救上船的事，只模糊记得大狗在海里拼命挣扎的样子。

"我们这是在哪儿，伙计？"他的声音哑得连自己听着都陌生。他扭头望向左舷，发现他们离岸很近，也许太近了。

01　抢风而行

这段海岸基本掩藏在黑暗里,乔西亚认不出这是到了哪儿,他只知道好像不是楠塔基特岛,至少不是他熟悉的那些海岸。

当然,他提醒自己,现在很难判断,因为在暴风雨里船晃得厉害,天也黑得几乎什么都瞧不见……

还有一个主要的原因,那就是他的头突然疼了起来,那是一种难以名状的灼热的疼痛,大铁锤似的击打着他的太阳穴,疼得他双眼模糊。他用手臂擦了一下脸,可是衣袖湿漉漉的,反而弄得眼前更模糊了。

他再次费力地朝海岸张望。

这是楠塔基特岛末端的某个小岛吗?有没有可能是葡萄园岛?乔西亚怀疑自己是不是被帆桁击倒时错过了拐弯,葡萄园岛是楠塔基特岛西北面唯一的大岛,但乔西亚没去过几次,而且从来没在晚上航行过,所以他拿不准。

我真的清醒吗?

乔西亚坐在船尾的小条凳上,甩了甩僵硬的手,又握住了舵柄。可突然间,舵柄和手都抖得厉害,害得他的头又疼了起来。

你得上岸,孩子,父亲的声音响起,现在的风向……

"是四十五度。"乔西亚大声说。

没错,好孩子。

白鲸男孩乔西亚　*Arch of Bone*

乔西亚知道，父亲并不在这里。他也知道，以现在的风浪高度，海燕号还能勉强驾驭。可风向再偏转几度，他想，就算我能想办法收起破裂的船帆，海燕号恐怕也会翻。我必须尽快上岸，不然……乔西亚不需要死去的父亲提醒，他知道自己没有更多的选择。

没错，好孩子。

耳边的声音更轻了，几乎成了微弱的呢喃。要么就是风声更大了。

乔西亚清楚眼下的处境。他没有海图，没有指南针，没有雨具，没有遮风挡雨的地方，没有替换的干衣服，没有御寒的大衣或毯子，也没有食物，除了希望，他什么也没有。

从被帆桁击中头部的那一刻开始，他的信念有些动摇了，他听不到内心微小而平和的声音了。

莫非……莫非他刚才听见的真是爸爸的声音？乔西亚竖起耳朵，竭力倾听，却只听见风雨声和教堂的钟声。可他知道眼下的现实里只有风雨声，没有钟声。他为自己感到难过，但他更可怜齐克，他本应该把齐克留在家里。

上岸。耳边又传来了父亲游丝般幽幽的声音。

"在哪儿上岸，爸爸？"乔西亚对着黑暗问道。

他自然没有得到答案，父亲已经死了，乔西亚知道自己是在自言自语，而这个问题他自己并不知道答案。

07　抢风而行

风稍微弱了一些，乔西亚感到风迎面吹来，独特的风声有点儿耳熟。

海燕号大概被刮到了楠塔基特岛北岸，风速太快，我没注意，乔西亚想，也不知道这是福是祸。

记住，海上没有奇迹。父亲悲哀的声音响起，仿佛是在告别。

乔西亚愤怒地大声问道："那么那个以实玛利·布莱克算什么？"

否则就将大难临头。父亲补充说。可他没有具体说明，他指的是眼下的暴风雨、刚才帆桁的撞击，还是白鲸的袭击，或者是以实玛利不可思议的生还之旅。

这一次，乔西亚没有理会父亲的声音。

眼下唯一明智的做法是寻找一处小海滩，让海燕号靠岸，然后在船下躲避风雨，等天亮以后，东北风停下来，他就能知道上岸的地点了。然后他会修补好船帆，克服困难和齐克返航，带着有些自豪的欣喜和精彩的故事，回到岛上另一头的港口，在楠塔基特岛的八卦史以及新闻史上添上一笔。

当然，这一切的前提是他们还活着，还能回到楠塔基特岛，而现在的一切不是他脑部被撞击后产生的恍惚幻象。

白鲸男孩乔西亚　Arch of Bone

不要冒失，孩子，父亲说，听从你的头脑，不要听从你的心。

可乔西亚的脑中只有一个字，那就是疼。

他的心中也只有一个字，怕。

乔西亚握住舵柄，在这一段陆地的尽头又做了一个急转，然后戗着风尽量贴向岸边，直至天色太暗，危险重重，他无法再前行。

齐克紧挨在小主人身边，乔西亚能听见大狗的心跳得比他的还快。乔西亚弯下腰，想摸一摸齐克，让它镇静下来，可就在这一刻，海燕号像被捕鲸叉刺中一样跃了起来，搁浅在一片暗礁滩上。

完了。乔西亚苦涩地想。他绝望地努力着，试图控住海燕号，可他和大狗都被震出了小船，弹到了危险的礁滩上。在被弹出之前，他脑中最后想的是，跟以往一样，爸爸提醒得对。天太黑了，他的头又太昏沉，他忘了留意那些该死的礁石。

作为孩子他可以抱怨，说这不是他的错，天太黑了，还下着暴雨。

然而这整个糟糕的局面，归根结底是他的错。可是天亮以前，什么也做不了。不知道他和齐克能不能撑到天亮。

想到这里，乔西亚晕了过去。尽管他的头朝向沙滩，但若是潮水上涨，他仍然很危险。

08

礁滩搁浅

Arch of Bone

白鲸男孩乔西亚　Arch of Bone

齐克也撞上了礁石，但它迅速蜷成一团滚进水里，被水推到了小岛的沙滩上。它仓皇起身，本想赶紧蹿出水面，可听到小主人的呻吟，它停下脚步，转身冲进可怕的潮水中。

齐克不是不害怕，可是小主人也让它牵挂。小主人喂它，爱抚它，在电闪雷鸣时抱着它，刚才还从海里救了它。

它咬着小主人的衣领，把小主人从潮水中拽出来，拖到了牢靠一些的海滩上，更多是凭借着爱和决心而非思考。然后它蹲坐下来，发出绝望的嚎叫，乔西亚缓缓睁开了眼睛。

"怎么……？"乔西亚一开口，就呛咳出了约莫一斤烧心的海水。

"这是哪儿？"这个问题显然更合理，可天还没有亮，他的头又疼着，因此这个问题也没有答案。他本能地向高处爬去，尽管高处依然湿得厉害，但至少没有礁石，而且避开

08 礁滩搁浅

了海浪。凶猛的海浪不断扑打在海滩上,似乎想要抓住他的脚踝,将他拖回海里。

终于,乔西亚爬上了一片湿漉漉的草地,但愿这里足够高,能坚持到天亮。他昏沉地软倒在草地上,齐克依偎在他身旁。

在一小时不安的睡眠后,齐克起身方便了一下,然后一人一狗相互依偎着取暖,又睡了四个小时。终于,虚弱的太阳从东边的地平线上探出了头。

齐克先醒过来,它甩干了身上的水,然后稍微伸了伸懒腰,走到一块竖在沙滩上、似乎在对狗发出邀请的木板旁翘起了后腿。这块木板是被抛上沙滩的海燕号的船板,不过昨晚摸黑靠岸的场面太惨烈,齐克没有瞧见这块船板。

撒完尿后,齐克没有理会一大早就在头顶吵闹的鸟儿,径直回到小主人身边,伸出舌头舔小主人的脸,一直舔到乔西亚迷迷糊糊地扇了它一巴掌。

不过大狗至少让乔西亚坐了起来。他看了看四周,嘟囔道:"这么说,我们还活着。"这一点先前他并不确定。

白鲸男孩乔西亚　　Arch of Bone

尽管太阳还没有完全升起,乔西亚还是辨认出了几样东西,一样在身后的陆地上,两样在海滩上。海滩上的好像是海燕号的两块底板,一块平躺着,另一块不知道怎么回事,居然笔直地立在沙滩上。

海燕号一半在岸上,一半在水里,至少远远地看去,船身大体是完好的,不过桅杆和船帆断了,落在礁石上。

乔西亚依稀记得船帆坏了,可是他想不起哪儿坏了,是怎么坏的。楠塔基特岛的这一片海滩他也没有印象。这是哪里?他只记得他在海上,之后的时间全是空白。

"我要回家,"他的声音虚弱,有些迟疑地对自己说,"要告诉妈妈……"

妈妈……妈妈似乎也出事了……好像有危险。乔西亚想,可他记不清是什么事。或许出事的是爸爸。乔西亚的脑子里似乎笼罩着一层雾气。

可他知道,不先检查海燕号实际破损的情况,他哪儿也去不了。如果海燕号已经无法修理,那他得走很长的路才能回家,这一点他也很清楚,没准儿得走一整天,甚至更久。

不过,他想,我得先让脑子重新转起来。我是不是磕到礁石上了?

乔西亚的脑袋像妈妈的落地摆钟一样在滴答作响,每一声"滴答"似乎都在释放出穿透身体的冲击波。他想站起来,

08 礁滩搁浅

可一用力,不光脑袋疼,全身都在打晃,根本起不来,似乎还是坐着好一些。

于是他坐在地上转了个身,朝内陆看去,好像有两座建筑,一座在附近的小丘顶上,像是渔民的棚屋,距离不远,至少等他能站起来行动以后,就能走过去。那间棚屋的后面,相当远的地方,还有一座更大的建筑,看着……似乎……

乔西亚眯起眼睛,想看清楚一点儿,可是太阳渐渐升起来了,阳光在那座建筑上闪烁着,他看不太清。

好像是道拱门?是教堂的门吗?

乔西亚的心里突然升起了希望,有教堂的地方就会有能帮助他回家的人。他猛然想起,在那段空白记忆之前,他好像听见过钟声。也许,那确实是教堂的钟声。

他抬起右手,用袖子擦了擦眼睛,可袖子还是湿的,非但没让眼前变清楚,反而让那座建筑物上的闪光多了一层水雾。

会不会是废弃教堂残留的拱门?那样的话,就不可能有人了。

乔西亚努力在记忆中搜寻着:楠塔基特岛末端有没有废弃的老教堂?好像没有。手头没有海图,他试图回忆跟爸爸绕岛航行时研究过的海图,可不知道为什么,他不能想爸爸,一想头就疼得更加厉害,还是另一种疼法。他干脆再次

白鲸男孩乔西亚　Arch of Bone

躺倒，没一会儿又睡了过去。

齐克像检查病人的医生一样，把昏睡的小主人从头到脚仔细地嗅闻了一遍，然后蜷起身子，也趴在了小主人身边。但它随时保持着警惕，守护着小主人不被打扰。

乔西亚醒来时，太阳已经升到了头顶。他感觉好些了，身上干了，也暖和了，就是爬了一身的沙蚤，肚子也一直饿得慌。

"我多长时间没吃东西了？"他自言自语地回想着，可就是想不起来。

"还是先做重要的事吧。"他轻声说道。他像需要护理的老人一样，小心翼翼地坐了起来。头不晕了，这让他松了一口气。他慢慢起身，跪在地上，脚还有点软，但没有眩晕感。他撑起一条腿，又撑起另一条腿，终于成功地站了起来。

乔西亚似乎摆脱了那股古怪的睡意，以及已经记不太清的那种脑中模模糊糊的状态。他掸去身上的沙蚤，舒展了一下身体，检查了四肢，好像没有骨折，只是有点儿疼。他觉得，尽管身体还没有完全恢复，但自己应该可以稳稳当当地

08　礁滩搁浅

站着，清醒地考虑下一步的计划了。

"订计划。"他大声说道。大狗一惊，跑到他身边。"首先，得确定海燕号还能不能修好。"可他拼了命也想不起海燕号到底出了什么事。齐克在他身边蹦跳着，似乎听懂了小主人的话。

"还有帆和桅杆……"帆和桅杆好像也需要他操心，但他想不起来是什么情况。他知道答案就在海滩上，可古怪的是，他不想去海滩，他似乎只记得一点，那就是在那片暗礁滩上，他和海燕号遭了难。虽然记不得具体的情况，但一想到那片暗礁，他就有点儿害怕。

可他也知道，大潮很快就要来了，他得下去把海燕号拖上岸，甚至拖到更高处的草地上。不然，他可能会永远失去海燕号。

因此，乔西亚不再自言自语。他背对着棚屋和那道奇怪的拱门，迈开有些僵硬的腿脚，朝破损的小船走去。

走下海滩不过短短几分钟，可潮水已经在拉扯海燕号的尾部，试图把卡在礁石里的小船拉下海。乔西亚准备和潮水拔河，但愿他的脚不要打滑，头也不要再疼了。

脚。乔西亚这才意识到，他没有穿鞋。可他想不起把鞋脱在了哪儿，也许还在船上。不过他打小就光着脚走在新英格兰的海滩上，不穿鞋也没问题。再说，现在也没时间找鞋，

白鲸男孩乔西亚 *Arch of Bone*

潮水有自己的时间表。先把船拖上岸，然后再找鞋子吧。

乔西亚小心地蹚入水中，抓住海燕号的船头，开始和执拗着要把小船拖回大海的潮水角力。

一用力，他的头又疼了，疼得比先前更加厉害，耳边又出现了钟声，脑海里还模模糊糊地出现了暴风雨的画面。他好像还跟父亲说了话，可他记不得是在什么时候、什么地方说的，也记不得父亲说了些什么。

不过在齐克兴奋吠叫的激励下，乔西亚终于把残损的小船成功拉上了岸。舱底缺了两块船板，幸好船桨很宽，没有从破洞漂走。水桶也还在。

桅杆、帆桁，以及残破的船帆漂在离这段不长的海岸较远的地方，已经快要漂出暗礁滩了。能不能把它们都捞回来，乔西亚心里没底，但他必须试一试。

和大多数楠塔基特岛的男孩一样，乔西亚热爱航行，却不喜欢下水。乔西亚的不少朋友不会游泳，不过他会游，尽管姿势不像母亲教的那样优美，但至少动作协调，通常也很有力，只是现在他似乎没什么力气。

尽管如此，他还是成功地游出去很远，抓住了桅杆、船帆和帆桁，然后趴在这些残损的部件上，半游半蹚地把它们推上礁石，又拖到了沙滩上。上了沙滩后，他一屁股躺倒，又一次陷入昏迷。

08　礁滩搁浅

在齐克疯狂的吠叫声中,乔西亚睁开了眼,看太阳的位置,至少已经过去了一个小时。他急忙坐起身,头还有点儿晕。他似乎看到了一艘正经由主航道去往开阔海域的大帆船的船尾。

船离得太远了,哪怕真是来搜救的船,船上的人也瞧不见海滩上海燕号散落的残骸,发现不了流落在楠塔基特岛末端、孤零零的乔西亚。

为了让眼前更加清晰,乔西亚眨了眨眼,那艘船却消失了。原来那艘大船根本没有出现过。齐克大概是发现了海里的某种生物,才对着大海汪汪叫。

"没事的,齐克。"尽管乔西亚明白眼下的情况一点儿也不好,但他还是搂住大狗的脖颈,安慰道,"消失的船救不了我们,消失的海洋生物也上不了岸,伤不到我们。可如果这里的水道够深,真有船经过的话,我们得做好准备,给他们发信号。"

当然,他知道,可能永远不会有船经过。也有可能下一回真有船来的时候,他和齐克都睡着了,没有发现,甚至可能由于冻饿、伤病、孤独,已经死在了这里。

但他止住了这种危险的想法。这才是第一天,以后会有

白鲸男孩乔西亚　　Arch of Bone

人发现他失踪而组织搜救的，也许是港务长和雷伯恩他们，还有妈妈，甚至那个以实玛利·布莱克。

以实玛利。乔西亚突然想起了那个男人，心头又燃起怒火，这让他的头疼了起来。

但他不能光指望别人搜救。而且，眼下他还有别的事情要做。

"该去看看那间棚屋里有什么。"他对齐克说。大狗已经把海洋生物和路过船只的事抛到了脑后，它在小主人身边不安地蹦跳着，像侦察陌生领域的士兵一样，与小主人一道朝内陆走去。

"还有那道拱门。"乔西亚补充道，但他的声音很轻，似乎有些担心他们在拱门那里会发现什么。齐克听见了小主人的嘀咕，但它无忧无虑地在前头跑着。

可怜的海燕号，乔西亚边走边想，现在是没有翅膀的鸟儿了。不过，以前他经常跟着父亲在船上修修补补，应该可以大致修补一下，勉强驶回家去。

抱着这样充满希望的念头，乔西亚跟着齐克登上小丘，朝棚屋走去。幸运的话，也许能找到需要的工具，把海燕号好好地修一修。要是棚屋足够大，还可以供他们挡风遮雨，在此过夜。

09

流落荒岛

Arch of Bone

白鲸男孩乔西亚　　*Arch of Bone*

怕什么来什么，小丘顶上的棚屋摇摇晃晃，比乔西亚预想中的情况更令人失望。本来乔西亚还指望靠它在夜里躲避风雨，可即便对于一个在同龄人里不算高大的十四岁男孩来说，这间棚屋也不够长、不够宽，在风暴里应该只能护住他的上半身和齐克的脑袋。

"还不如睡在少了两块船板的海燕号底下。"乔西亚对大狗说。

他希望能在棚屋里找到一些食品和物资，比如钓具、渔网、火柴、雨衣，或者胶鞋，哪怕是旧鞋也行。可一把沉重的灰色挂锁牢牢锁住了棚屋的门，周围没有看见能开锁的钥匙，只能用蛮力了。

乔西亚狠狠地拉了两下门，想把门拽开。也许这把锁就是个样子货。他想。然而这扇门虽然看着破败，却纹丝不

09　流落荒岛

动。乔西亚又踢了一脚，结果却擦伤了左脚。

最后没有办法，他想用渔刀和马林钉撬锁，可伸手一摸才愕然发现，皮鞘整个不见了，他一直没有察觉，甚至之前都没有想起腰上挂着皮鞘。大概是在昨天的灾难里丢了。乔西亚难过地想。他知道皮鞘的挂钩有点儿变形，但还没有松到会从旧腰带上掉下来，他甚至毫无察觉。也许……是因为他撞了脑袋，可能还撞了两次，所以忘记了皮鞘掉落的事。

这样一来，打开棚屋就更势在必行了。他得找东西修理海燕号；得找捕鱼的工具，好让他们不挨饿；如果他们不得不长途跋涉回家，还得找保暖的东西。

乔西亚期待听见父亲的指引，可父亲的魂灵似乎已经离开，他已经完成了将乔西亚安全引导上岸的任务，可能不会再出现了。"不过，您引路可以引得再精细一些。"乔西亚对父亲大声说道。父亲已经死了，他提醒自己。他一下又伤心起来。"现在真的只能靠我自己了。"他的声音更大了，似乎在对死去的父亲、对齐克、对他自己，强调这一点。

父亲没有回应，齐克舔了舔乔西亚的手。乔西亚点点头，说道："是啊，我们俩只能靠自己了。"

他忍不住朝棚屋和棚屋的主人骂了几句脏话。乔西亚只听一些老渔民说过这几句脏话，他不知道这些话的意思，但听起来非常凶狠。他的怒气把齐克和他自己都吓了一跳，然

白鲸男孩乔西亚　Arch of Bone

而渔民把渔具锁起来实在太正常了。

"要不用石头砸开？"乔西亚琢磨道。可话刚出口，他就担心自己这样做是不是就真的变成了小偷。

他琢磨了一下，想留个字条，可他身边没有纸，也没有笔墨。他耸了耸肩，这事还是等回到家再操心吧，到时候妈妈应该会有办法。

可他怎么能再向妈妈求助？是妈妈害他被困在了楠塔基特岛的末端。

这个念头让乔西亚羞愧。他怨妈妈把陌生人请进门来款待、交谈，可他同时告诫自己，给疲惫的陌生人提供食物，倾听无助者的声音，是贵格会的基本守则。

他猛然转身，对齐克说道："我们不需要这个棚屋。走，咱们去瞧瞧那个拱门！"

一直在棚屋外转圈嗅闻的大狗汪汪叫着应了一声。这时，乔西亚突然发现，眼前的棚屋像极了立着的棺材。这又让他想起了以实玛利，那个男人说他是攀在棺材上脱险的，也不知道是不是真的。

"也许我可以把这个小棚屋推下山坡，推到海里去。"乔西亚对大狗说，"让它载着我们，漂回家去。"尽管嘴里这么说，但他心里明白，这么做的风险比待在这儿等船只经过更大。"没准儿就没命了。"他补充了一句。"没命"这个词

09　流落荒岛

像一道敞开的伤口,横在他和齐克之间。

大狗给了他一个难以捉摸的眼神。

乔西亚已经转身望向拱门,或者更准确地说,是拱门之后的地方。此刻的高度让他发现了之前没有发现的事——脚下的小丘竟然四面环水。

他缓缓回头,身后是趴在岸上的海燕号。到处都是水。

毫无疑问,这不是楠塔基特岛。目力所及也没有楠塔基特岛的踪影。不知道乔西亚被帆桁击中头部后,海燕号漂了多远,他们流落到了一个方圆不到一千米的小岛上,附近没有步行或游泳可达的陆地。

"帆桁!"乔西亚脱口而出。这个词出口的瞬间,他回忆起了头部被帆桁重击时的钝响和剧痛。

这下只有修好海燕号才能回家了。乔西亚往山坡下走去,不过不是回到海燕号所在的沙滩,而是朝拱门走去。他必须摸清这座无人荒岛的情况。大狗一声不吭,无怨无悔地跟随着小主人。

拱门比乔西亚估计的还要远,似乎在他们前进时,拱门

白鲸男孩乔西亚　　Arch of Bone

在往后退。随着距离渐渐缩短，原本瞧着不大的小教堂拱门忽然间成了大教堂的巨型拱门，只是与寻常的石拱门不同，这道拱门不知道用了什么材料，宝石似的发着光。

可再走近一些，乔西亚发觉他看错了。这不是什么宝石门，而是一道白骨的拱门，而且是鲸的颌骨。

这道颌骨的拱门孤零零地矗立在小岛的尽头，周围只有一棵被盛行风扭成奇特的妖娆姿态的小树，外加几丛生长在水边的低矮灌木。再过些时候，这些灌木或许会结出浆果。

这是搁浅的鲸的颌骨，还是被猎杀的鲸的颌骨呢？将它的皮肉剥除干净的是风浪、飞鸟，还是人类？这是陈年的骨头，还是新近的白骨？这些问题乔西亚都没有答案，他只知道这道颌骨的拱门十分巨大。

鲸在希伯来经卷中被称作海怪，是将约拿吞入腹中的巨兽。

每一个楠塔基特岛的孩子都知道，因为人们需要鲸脂和鲸油，大西洋中的鲸几乎被猎杀殆尽，父亲这样的捕鲸人和裴廓德号这样的捕鲸船，只好远离家乡，去太平洋捕鲸。

乔西亚对大狗说："也许这是大西洋最后一头鲸的颌骨，所以被立在这儿当作纪念？"

齐克轻轻地叫了一声，回应小主人。

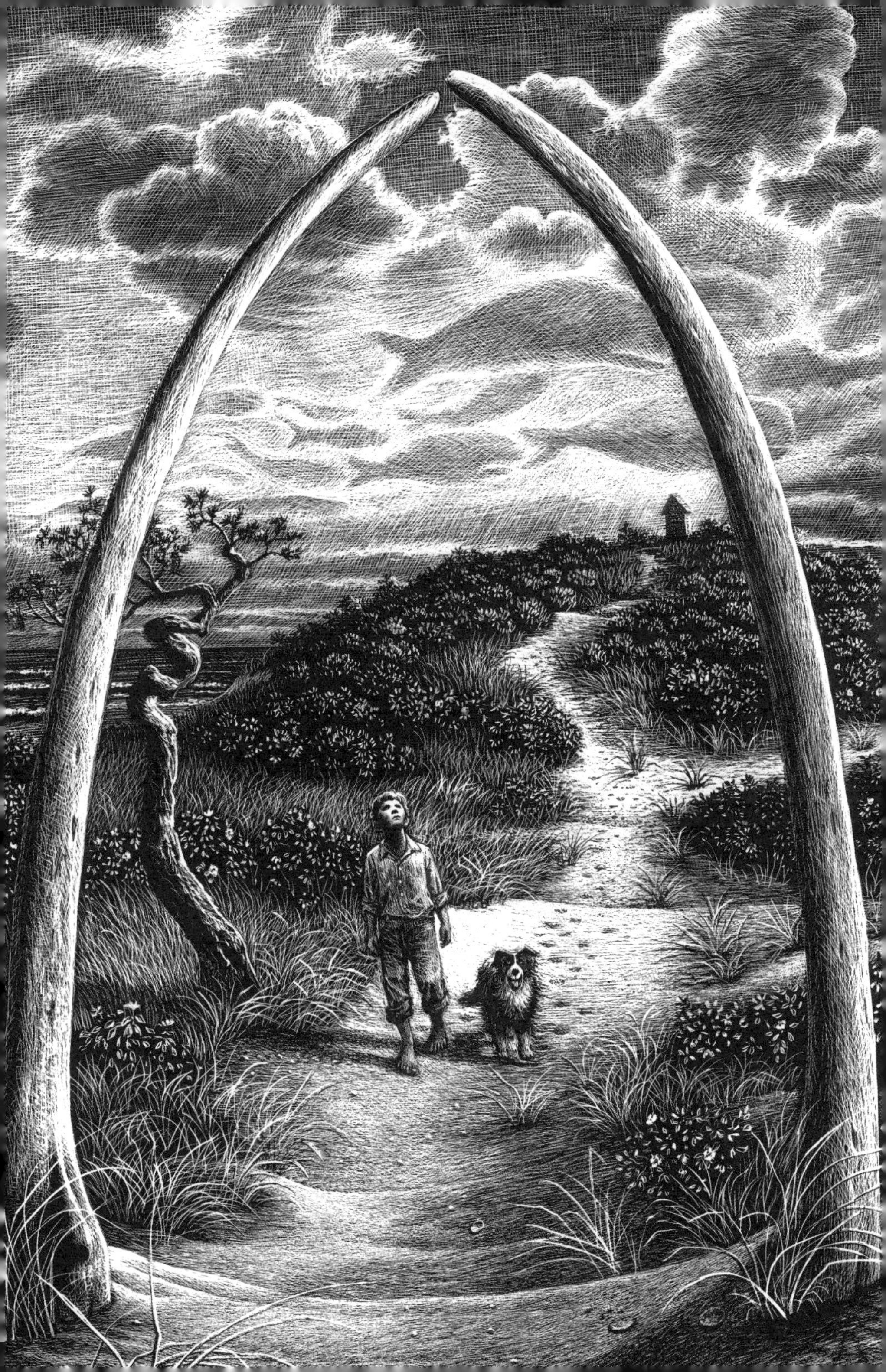

白鲸男孩乔西亚　　Arch of Bone

"那间棚屋面向这里,或许是棚屋的主人发现了鲸骨,把它立了起来?"不过考虑到这块颌骨的尺寸,这种可能性很小。

齐克又叫了一声。

"也可能是上帝作为警示,把它立在这里。"可上帝的警示是什么呢?乔西亚没有答案。可能他永远也找不到答案。他不禁沉默了下来。

齐克也静静地闭上了嘴。

乔西亚突然打了个哆嗦,风又大了,太阳一下躲到了云层后面。而且,不知道是因为饥饿、疲劳,还是帆桁那一下重击持续的影响,他的头又疼了起来。刚才翻越小丘的路也很长。

他考虑了一下要不要折返,可想到要再走这么长的路,他有点儿受不了。

或许能在那道巨大的颌骨拱门的阴影里歇一歇。这个念头提供了足够的动力,让乔西亚又迈开了腿。他跟跟跄跄地走到拱门的左侧,背靠着鲸骨坐了下来。

鲸骨似乎传来了某种穿透全身的哼鸣,缓解了乔西亚的头疼。这是自然,还是魔法,都不重要,乔西亚感觉好多了。

他闭上眼睛睡了过去,进入了梦境……

第一个梦：
白鲸

第一个梦：白鲸

起初，世界是一片大洋。可后来，伟大的神灵在水中降下了一块块的东西。这些东西在水中隆起挡着路，让我们不能尽情畅游，有时还会磕到脑袋，撞到鳍或者尾巴。不过，水依然是主体。

我们的日子很美好。

有的时候，北方下来的寒冰刮擦这些隆起的陆地，不时会落下碍事的石头。不过我们会绕开，或者干脆远离，游向太阳升起的地方，因此我们之中有一些生活得离陆地比较近，有一些比较远。

但每一年，我们当中年轻的雄性都会去一次温暖的水域，与家族成员会面，结交新朋友，有时还会寻找伴侣。

这种时候更加美好。

多少年，我们就这样生活着，直到人类出现。他

白鲸男孩乔西亚　Arch of Bone

们是一群被太阳晒得黑漆漆的小东西，他们不在身上披一层外皮就不能行动，不乘坐用树木制作的船就不能渡水，他们渴望肉食，地上跑的、水里游的、天上飞的、躲进潮池[①]的、钻进地下的，他们都想吃。

但我们的日子大体还好。

因为我们鲸体型庞大，难以捕杀，最初被人类称作海怪，而且我们的肉并不合这些新出现的人类的胃口。

因此大多数时候，他们并不来打扰我们。

直到他们发现我们身上有价值的不光是肉，还有鲸脂、鲸油和鲸骨，所有美好的时光就一去不返了。我们把从前那些美好的日子留在故事和歌谣里，传给我们的孩子。我们的歌在深海里回荡，留下的是哀伤和我们幼小孩子的孤独身影。

我是门和通道，这座小岛上有开门的钥匙。你选择了倾听，如果继续听下去，这个故事会有更多的内容。

---

① 布满岩石的海岸上的浅水池，涨潮时海水涌入，退潮后，残留的岩石间的海水形成一个个封闭的水池。——译者注

第一个梦：白鲸

乔西亚惊醒了。这是一个古怪的梦，好像是关于什么门户、钥匙。

钥匙！乔西亚需要棚屋的钥匙，有了钥匙，才能打开棚屋。他缓缓地站起身，眼睛紧盯着地面，拖着双脚在拱门间来来回回地搜寻，从左往右又从右往左各走了八趟，来回走了十六趟。

齐克汪汪地叫着。走最后一趟的时候，大狗都嚎了起来。

乔西亚也号叫起来："什么鬼梦。根本没有钥匙！"

他回转身，再次翻过坐落着棚屋的小丘，走到另一侧趴着海燕号的沙滩上。这一次，他把小船拖到了更高处的铺着海草的地上，疯狂地翻找装渔刀和马林钉的皮鞘，可皮鞘不在船上。

不过，他在内舱找到了塞着袜子的鞋。现在他记起来了，齐克原本在内舱守着鞋袜。

"好样的。"他用嘶哑的嗓子轻声夸了齐克一句。然后，他带着大狗躺在海燕号破损的船身下，船体至少挡住了大半的寒风。

"我保证，"他对大狗说，"明天会找到吃的，然后我们再琢磨琢磨接下来怎么办，该去哪儿。"他没有再多说什么，他已经累得说不动话了，头也又疼了起来。

白鲸男孩乔西亚　　Arch of Bone

听到小主人嘶哑的嗓音,大狗发出了心疼的呜咽声,它紧紧地依偎在小主人身边。

乔西亚默默地流了一阵眼泪,他不想令齐克更加不安。

一人一狗又累,又饿,又害怕,于是死一般睡了过去。

他们对钥匙已经不指望了。

10

重拾信念

白鲸男孩乔西亚　*Arch of Bone*

乔西亚和齐克同时饿醒了，他们已经两天没有进食，咕咕作响的胃饿得生疼。

乔西亚跟着大狗从破损的船身底下爬出来，在阳光下伸了个懒腰。

阳光，乔西亚想，是上天的承诺。他低头对大狗说道："今天我们要打开那间棚屋。棚屋里面肯定有东西，不然不会上锁。我们说干就干！"乔西亚没想到在目前的状态下，自己的声音居然很有力。

大狗似乎也露出了惊讶的神色，不知道令它吃惊的是小主人有力的声音，还是小主人承诺的语气。

乔西亚走到礁石滩上，挑选了三块握在手里很像锤头的石块，然后打了个呼哨叫上大狗，又朝山坡上孤零零的棚屋走去。

10　重拾信念

"希望能在里面找到锤子、钉子、渔线和新的船帆。"他对大狗说。其实这些东西只要能有一两样,他就很满意了,这可不是跟着妈妈去杂货店购物。

尽管"不可偷盗"的戒条让他心绪不宁,但乔西亚对接下来要做的事毫无愧疚。一旦有能力,他就会把今天拿走的所有东西还回去。他甚至没有想到回家,他必须考虑的是今天和明天,此刻他的思维方式就像齐克,像鱼和蚂蚁——如果它们有思维的话,或者像鲸。

他想起了古怪梦境中的鲸。或许立在岛上、守卫着家门的就是梦中鲸的颌骨。妈妈肯定会说这是幻想,就和他小时候常听的童话故事一样。可幻想不见得不真实。

乔西亚突然发现大狗不在脚边。他扭头看去,齐克正在啃草根。乔西亚丢下手里的石块,转身朝大狗跑去,边跑边喊:"不要!别吃!"

齐克不舒服的时候经常啃草根。吃草能让它舒服一小会儿,可紧接着它总会呕吐,一下子把返流到胃里的胆汁统统吐出来。

乔西亚只花了几秒钟就跑到了大狗身边,可齐克已经啃完草根,进入痛苦的阶段。它的腹部起伏着,用被爸爸称作"清嗓子"的方式,喷咳出近一杯的量的白色黏液,然后流了点儿口水,又吐了一些。这呕吐的模样像极了爸爸痛恨的

白鲸男孩乔西亚　Arch of Bone

醉酒水手。

"笨死了。"乔西亚骂着,用袖子给大狗擦去黏液,不过他的语气很温和。"好了,走吧,我们还有活儿要干呢。"

齐克虽然吐得厉害,但与爸爸描述的醉酒水手不同,它脚下一点儿也不打晃,倒是乔西亚脚步有点儿不稳。"你知道,我一个人不行,你得陪着我。"他认真地对大狗说。

齐克似乎听懂了,它黑亮的眼睛承诺似的望了望小主人。

他们走到乔西亚丢下石块的地方。其中一块石头被地面上突起的灰色大岩石撞碎了,但另外两块还是完好的。乔西亚松了一口气。

齐克垂下了脑袋,似乎在道歉。乔西亚轻轻地拍了拍大狗的肩。"没关系,小家伙。"他安慰说,其实大狗的年纪跟他一般大。"这石头去砸门也得碎,还不如现在碎了。"

伴着这些给自己打气的话,他们再次来到了棚屋前。棚屋看着跟昨天一样荒凉,甚至显得越发破败了。

乔西亚忽然觉得自己就跟这破败、荒凉的棚屋一样。怎么会有人把东西留在这座荒岛上呢?他忍不住想,这小丘顶

10　重拾信念

上的棚屋，可能一阵飓风就把它刮倒了。

可他又立刻在心中反驳，如果棚屋是空的，为什么要上锁呢？

忽然，他明白过来，打开棚屋就能弄清里面有什么，何必在那之前胡思乱想呢？爸爸以前总说，做事不要仓促，欲速则不达，可现在他必须抓紧时间，再等下去，他和齐克就要饿死、冻死，要活不下去了。

必须把这该死的东西打开。乔西亚举起石头，砸在锁上。

石头碎了，锁却完好无损。

乔西亚瞧了瞧手中的第二块石头——跟第一块完全一样，肯定也是一砸就碎。但他还是试着砸了一下。

石块碎成了渣。乔西亚扯着嗓子喊出一串连他自己也没想到的咒骂，用尽全力把碎渣狠狠地甩了出去。那串咒骂不是从水手们那里听来的脏话，而是一连串奇怪的组合，包括各种他痛恨的东西，比如偷东西的海鸥、叮人的昆虫、劫走渔获的鲨鱼，以及在最迫切的时刻碎成渣的石头。

当然，这番咒骂既没有改善他的处境，也没有缓解他的情绪。

他漫无目的地走到小丘的另一侧，俯瞰着在柔和的风中傲然挺立的颌骨拱门。

乔西亚想家了。他想念楠塔基特岛，想念岛上的石墙房

白鲸男孩乔西亚　　Arch of Bone

屋、石砌的街道，想念跟爸爸走过的树林。那时候爸爸在树林里一边走，一边指着地面上露出的灰色石头让乔西亚看，那些是岛上最坚硬的花岗岩。花岗岩里满是亮闪闪的东西，有时看起来很像在灰色岩石间缓缓流淌的棕色小河，爸爸说那是岩石里的铁质矿物。

要是有铁就好了，乔西亚想。铁比石头硬多了。

他也知道，虽然楠塔基特岛在那些大陆人的眼中是座小岛，可也比这座岛大得多，这座小岛一个小时多点儿就能走到头，甚至绕上一圈。

当然，他想，这得是我不吐胆汁、脑袋不疼得嗡嗡作响、胃没饿得直抽抽的时候，用一小时就能走下来。

那么这座岛上有花岗岩吗？可在这座荒岛上，他找不到人打听。

这时，乔西亚莫名记起了一周前妈妈在首日聚会上的发言。

妈妈引用的是《马太福音》中的句子。我实在告诉你们，你们若有像芥菜种那样大的信心，就算叫这座山从这里移到那里，它也会移开，你们将没有办不到的事。

妈妈当时针对的是楠塔基特岛的问题，可这番话在这座小岛上也同样适用，不是吗？

既然找不到人打听，他就走遍这座小岛，自己寻找。芥

10　重拾信念

菜种子那么大的信心他还是有的。他的信心甚至可能像腌芥菜的罐子那么大。

他对齐克打了个呼哨,大狗勉强走到他身边。他对大狗说道:"我们说好了,你和我,我们一起去找。"

齐克不知道是太虚弱还是太疲惫,似乎连摇晃尾巴都没有什么力气。它缓缓地摇了摇尾巴。

这也算是承诺。乔西亚对自己说。

11

棚屋攻坚

Arch of Bone

白鲸男孩乔西亚　Arch of Bone

去棚屋的路上,石头大多是刚才那种一砸就碎的沉积岩,可越往内陆走,零星的灰色岩石就越多,瞧着像是爸爸一年多前指给乔西亚看的花岗岩。可惜它们都是深埋在地下的巨大岩石的一角,没有挖掘工具,根本挖不出来。

乔西亚努力让自己不要灰心。太阳出来了,微风习习,还有齐克陪在身旁,伴着他们咕咕作响的肚皮,他和大狗的步伐各有节奏,却又十分协调,他发现自己几乎是在享受散步的乐趣了。

"死在这样的好天气里也不错,"他对大狗轻声说道,"可活着更好。"

就在说话的时候,他忽然发现前方不远处,还没到颌骨拱门的地方,一些灰色的岩石散落着,在阳光下闪着光,简直像是有人故意放在那里,等待他找到。

11 棚屋攻坚

乔西亚停下脚步，喘了一口气，他想给自己和大狗一点儿心怀希望的时间，想聆听他从未真正听到过的微小而平和的声音。

突然，一个声音在他耳边说道："你祈求找到石块，而不是食物，可我会把两者都赐给你。"

这可能只是他心中的渴求，是让他抱着希望而不是绝望继续前行的理由，但它化成清晰的声音出现在了耳边。它不是乔西亚熟悉的爸爸妈妈的声音，不是港务长提出建议时低沉的男中音，也不是小伙伴们轻快的说话声，而是他不认识的声音，是某种压倒一切的声音。

乔西亚想逃离这个声音，可他已经喘不上气了。齐克也呼吸急促。

他按捺下逃跑的念头，带着大狗默默地朝路上发光的石头匆匆走去。昨天为什么没有瞧见这些石头呢？是没想到砸锁，所以没有留意，还是没有想起花岗岩这样的石头？或者是因为天太阴了，没有太阳，石头不闪光？抑或是……它们昨天根本不在这里？想到这儿，乔西亚莫名有些恐惧，不禁打了个冷战。

这些石头大多也是埋在地下的巨石的一角，然而有三块手掌大小的散碎石头，彼此相距甚远，跟断了联系的远亲似的。

白鲸男孩乔西亚　Arch of Bone

乔西亚跪在地上的姿势仿佛要祈祷，或许他心中的确在祷告，尽管在首日聚会时，贵格会的教友并不跪着祈祷，而是站着发言。

他伸手拿起其中的一块，石头沉甸甸的。他又朝第二块走去。到了第三块，他的手里已经拿不下了，于是他脱下衬衫当作麻袋兜住石头，背在背上，转身往小丘顶上走去。

齐克过了一会儿才看明白乔西亚在干什么，它欢快地一路蹦跳着追了上去。上山顶时，男孩和大狗已经跑了起来，不一会儿就跑得气喘吁吁。

乔西亚停住脚步坐下来，齐克也喘着粗气，卧倒在小主人身边。乔西亚解开临时充作麻袋的衬衫，三块石头出现在眼前，它们完好无损，看上去似乎坚不可摧，可它们肯定是从更大的岩石上碎落下来的，乔西亚还是有点儿担心。担心，这个刚刚添入乔西亚的词汇表中的新词，如同一只冰冷的手搭在男孩赤裸的肩上。

但他没有再多想，说了声"开始干吧"就站了起来。齐克也站起来，跟着小主人慢慢地走到了棚屋前。

乔西亚把三块石头排在门边，然后抖了抖衬衫，尽管他并没有在衬衫上发现破碎的石屑。

他拿起最小、最称手的那块石头，深吸一口气，不抱任何期待地砸向了挂锁。

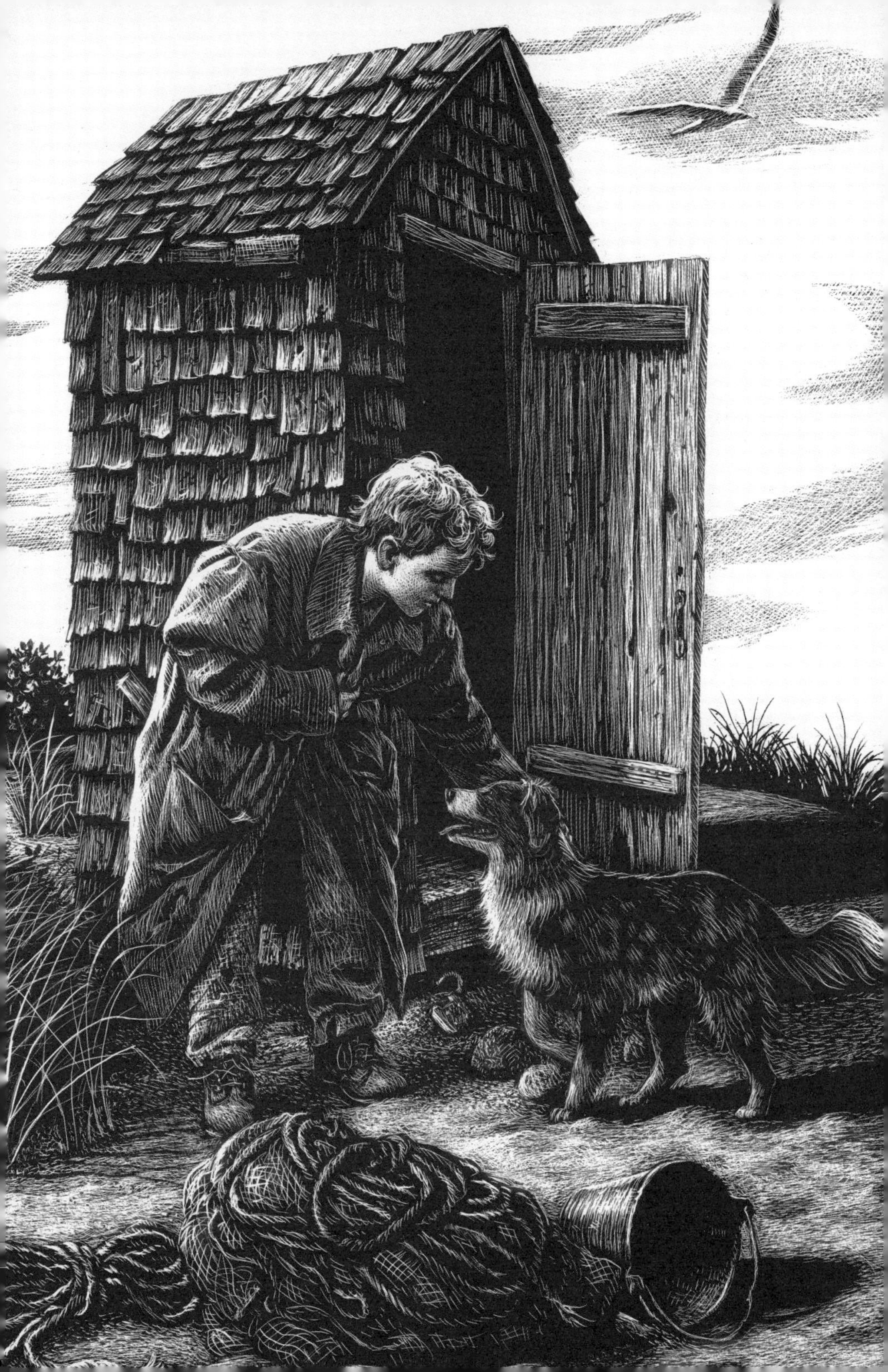

白鲸男孩乔西亚　Arch of Bone

只听"当"的一声,几乎是丧钟般的巨响,挂锁从门把手上掉下来,落在另外两块石头旁边。

齐克走过去,像嗅闻猎物一样,闻了闻落在地上的挂锁。乔西亚喉间咕噜了一声,一下瘫倒在棚屋前,仿佛疑虑才是支撑他的唯一力量,而现在所有疑虑都离他而去了。

他得到了那个声音承诺的石头,接下来食物肯定也不远了。

"谢谢,"乔西亚带着哭腔轻声说道,"谢谢您的恩赐。"

但"疑虑"这个老伙计又远远地提醒道:石头好找,可存放在破旧棚屋里的食物可能早变质了,你们俩吃了,没准儿会没命。

乔西亚不敢抱有期望,可他还是忍不住怀着希望努力站起来,缓缓推开棚屋的门,瞪大眼睛望去。

眼前没有充足丰富的食物,也没有什么工具和装备,只有两张渔网、几根绳索、一个小水桶和一件破旧的雨衣。

乔西亚试了试雨衣。雨衣的尺寸大概是他个头的两倍,又大又重,可是没关系,这样很好,今晚他和齐克可以舒服温暖地睡上一觉了。

可现在,他想,我们真正需要的……

"齐克,我们去捕鱼。"他对大狗说。哪怕捕来的鱼只能生吃,至少他们不会饿死了。

11　棚屋攻坚

齐克似乎听懂了，它尖着嗓子吠叫了一声，凑过来与小主人亲昵。

男孩和大狗怀着满满的希望和微小的喜悦快步下山，回到趴在海草上的海燕号边上，放下雨衣和水桶，带着绳索和两张渔网，往先前搁浅的礁石滩走去。

大海正在退潮，他们可以走到滩涂上。

乔西亚不太会用渔网捕鱼，大多数时候，他和伙伴们都在码头上钓鱼。他见过渔民撒网捕鱼，不过渔民们通常是在船上把网撒入深海。

可他没有船，只能走下水去。他挑了几根最轻的绳索，用爸爸教的打结方法扎住了大小两张渔网的两侧，然后脱下鞋袜和裤子，跟着抢先一步的齐克走入水中。

海水很冷，可乔西亚一心只想着弄些吃的来。海水没过了脚踝，齐克在身后几步开外的地方，乔西亚紧抓着绳索的末端，高高地把渔网抛了出去。

渔网飞向大海，沉入海水中，只有绳索（绳索的一端系在乔西亚的手腕上）显示着渔网的位置。男孩和大狗密切地观望着，这两张渔网关系的不仅是今天的饭，更是他们的性命。

齐克热切地吠叫起来，但水中的渔网太远了，它不敢冒险去追。它蹚至海水快要及膝的地方就停了下来，冲着渔网呜呜吠叫了几声，仿佛它们是活物似的。

乔西亚让渔网沉在水里，等了一阵后开始收网。网似乎没什么分量，这一回估计没有网到鱼，但还是得看一下。

果然，两张网里都空空如也。

乔西亚又撒了两次网，却只捞到一些漂浮物：小树枝、零星的海草之类的小东西，既不能吃，也不能用。

齐克冲着空荡荡的渔网气呼呼地吼叫了几声，四肢僵硬地走回倒扣的小船旁，看样子是想在船身的阴影下歇一歇。但听到湿漉漉的渔网再次被甩出的声音时，它还是转过头，远远地看着。

第四次撒网的时候，乔西亚又往前走了走，到了齐腰的水里。突然，他的左脚下一空，是一处地势突降的洼地！幸好没有摔倒栽进水里，他立刻退了回来。

重新站稳后，乔西亚大喊一声："齐克，这一网是为你撒的！"然后，他用力把网甩了出去，这一次渔网飞入了更深的水域。

拜托……拜托……乔西亚近乎祈求地想。

几乎在一瞬间，乔西亚感到有什么东西在触碰渔网，他

11 棚屋攻坚

希望那触碰来自网内,而不是网外。他赶紧拉动绳索,收紧了网口。

他回到岸边,网里只有三条可怜的小鲷鱼。他把鱼放在草地上,用肥大的雨衣遮盖住,以免被饥肠辘辘、吵闹不休的海鸥叼走。

"今天我们有东西吃了。"他对齐克说。大狗似乎听懂了,它热切地嗅着雨衣。

乔西亚决定不再下海去碰运气,他不想把饿急了的齐克单独留在这儿,大狗或许会放开肚皮把这三条鱼都吃了。而且他觉得身上发冷,于是他也爬到船身底下,用花岗岩块在每条鱼的脑袋上重重一击,然后用颤抖的手指撕开鱼身,也顾不得去骨,把鱼肉平均分成了两份。

齐克匆匆三口就吃完了它的那一份。乔西亚还有一点儿没吃完,他又分了一些给大狗,然后坐着消化了一会儿,希望他饿瘪了的胃不会排斥这么一丁点儿生鱼。

乔西亚带着网到的鱼出水上岸的时候,发现小岛的一侧有一处小河口。在楠塔基特岛,这样的河口处通常会有贻贝、牡蛎、小圆蛤等成群的贝类。虽然现在还不到它们最肥美的季节,但或许他运气好,能发现一些,只不过要填饱肚子恐怕是不够的。

而且,他既没有办法生火,也没有把贝类从岩石上撬下

白鲸男孩乔西亚　*Arch of Bone*

来的工具，想要采到足够吃一顿的量，可能会非常辛苦。还有，用什么办法打开贝壳呢？用花岗岩砸，很可能把里面的肉也砸烂了。可他必须去试试，因为他知道，他和齐克没有吃饱，齐克已经把渔网整个舔了一遍。

天还够亮，可以去试试那处河口。妈妈总说："不冒险，哪有收获？"

那就去冒冒险吧！

乔西亚一面想着找到贝壳的可能性有多大，一面穿上了衬衫和裤子。

或许，他忽然想到，那处河口还会有从上游流下来的淡水。他们现在有两个水桶，海燕号上的大桶和棚屋里找到的小桶。可乔西亚知道，光靠这两个桶接的雨水，他和齐克撑不了多长时间。他记得爸爸说过，缺水比挨饿更致命。

爸爸说的是成年人，乔西亚想，可对于未成年人，还有狗，也是这样吗？

他抓起两块花岗岩，回到礁石滩，没费多大工夫就找到了那处河口。他卷起裤腿，缓缓蹚入了及膝深的水中。

他先把期望甩在脑后，集中精神涉水，以免失足摔倒或弄伤脚趾。

11 棚屋攻坚

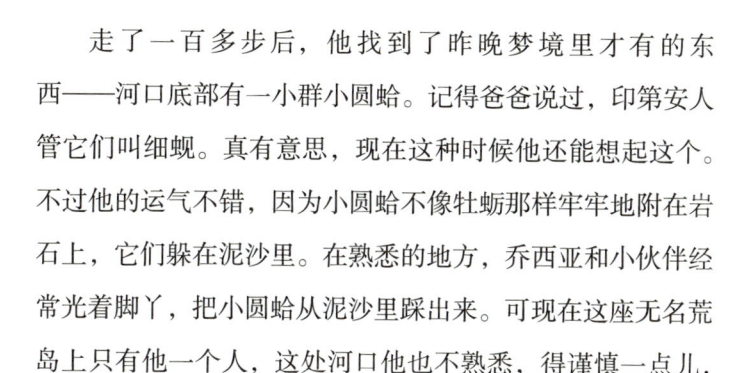

走了一百多步后,他找到了昨晚梦境里才有的东西——河口底部有一小群小圆蛤。记得爸爸说过,印第安人管它们叫细蚬。真有意思,现在这种时候他还能想起这个。不过他的运气不错,因为小圆蛤不像牡蛎那样牢牢地附在岩石上,它们躲在泥沙里。在熟悉的地方,乔西亚和小伙伴经常光着脚丫,把小圆蛤从泥沙里踩出来。可现在这座无名荒岛上只有他一个人,这处河口他也不熟悉,得谨慎一点儿,先用脚探探底。

不过还能出现什么比船只损坏,自己被困在连离家多远都不知道的荒岛上更糟糕的情况呢?

找不到吃的,耳边一个细小的声音说道,活活饿死更糟糕。乔西亚不再胡思乱想,专心地踩起蛤来。

这一群蛤个头不大,可如果他不吃,蛤肯定也下了海鸥的肚。其实,乔西亚更喜欢贻贝和牡蛎,它们的肉更加肥厚,但它们吸附在岩石上,没有渔刀或马林钉的话,花费很大力气也撬不下来几个,那就不值得了。

乔西亚幸运地踩出了半打小圆蛤。他回到倒扣的船身底下,用石头砸开贝壳,取出里面小小的蛤肉。两根中指都被划破了,可他一点儿没有察觉,等蛤蜊下肚很久后,他才瞧见手上的伤口。

不过能够开饭就值得这番辛苦。新鲜的小圆蛤是有咸味的,大多数时候妈妈会直接下锅做成蛤蜊浓汤,在某些特殊的时候,妈妈会化一点儿黄油浇在上面,做黄油蛤蜊。当然,他和齐克只能生吃,因为这座小岛上没有奶牛,也没有黄油搅拌器,更惨的是没有火。

记得有一回去河口玩,雷伯恩说生蛤肉有点儿像鼻涕,如果真是那样,乔西亚想,我就闭着眼睛吞下去。

生蛤肉自然不是家里蛤蜊浓汤的味道,非要形容的话,有点儿像半生不熟的龙虾。可就像那个声音承诺的一样,这是能下肚的食物。那个声音说会赐下石头和食物,却没说两者会同时出现!乔西亚吐出了一点儿沙子,也没准儿是石头渣。

想到蛤蜊浓汤,乔西亚又想起了妈妈。妈妈已经开始着急担心了吗?她是否以为他只是闹脾气,跑去了朋友家过夜?也许她被那个以实玛利·布莱克的故事吸引住了,根本没去想儿子为什么没回家。要不就是丈夫的离去让她太过伤心,顾不上担心失踪的儿子了。

乔西亚甩开了脑海中有关妈妈的所有思绪,眼下他只希望食物能在他和齐克的胃里存留得久一些,能够减轻他们的饥饿感。事实证明,这个希望还算有先见之明。

11　棚屋攻坚

那天晚上,乔西亚和大狗踏实温暖地睡了长长的一觉,乔西亚梦到了家。只是半夜时,似乎有什么东西戳了他一下,乔西亚翻了个身,却没有从梦中醒来。第二天早晨醒来后,他已完全不记得夜里被戳的事,也忘了昨晚的梦。

12

时间飞逝

Arch of Bone

白鲸男孩乔西亚　*Arch of Bone*

乔西亚不明白为什么一天过得很慢，一周却过得飞快，但他每天都在规律地生活。他一日三次去河口处接淡水，然后下海捕鱼，捕到的大多是鲷鱼，偶尔也有牙齿极其锋利的青鲈。青鲈有一股麝香的味道，深得齐克的喜爱，可乔西亚得捏着鼻子吃，边吃边抱怨。若是能找到小圆贝，他们就狼吞虎咽地生吞下肚。虽然一天只有一顿饭，还很单调，但是他们已经习惯了。

乔西亚决心给自己按时安排任务，他在脑海中列好了清单。

在他认定的第二日（他并不知道日子，只是这样给每一天命名），他会试着从岩石上撬更肥美的贻贝和牡蛎。不过大多撬不下来。

第三日，他会巡视一遍小岛，捡拾一切可能派得上用场

12 时间飞逝

的东西,比如漂到岸边的小树枝,备着哪天或许能生火。他还捡了更多的花岗岩块,攒着造了一个篝火坑。

有一回,他甚至发现一只死鸭子被冲到了礁石滩边,他趁着大退潮,蹚水捡了回来。他用小木片和花岗石块成功剥掉了鸭皮,可他只吃了一点儿胸脯上的生肉,就立马反胃呕吐起来。齐克和海鸥迅速把剩下的鸭肉吃了个精光。

它们的胃都比我强。他苦笑着想。

第四日,他会坐在颌骨拱门下,努力思考如何解决在岛上生活的困难。不过,他和齐克的身体倒还撑得住。当然,他们都很瘦,可喝的水足够,有鱼,偶尔还有蛤肉吃,所以他们还有力气活动。

第五日大多用来跟齐克嬉戏。他们已经是抛接游戏的好手,不管乔西亚抛的是小树枝、大树枝,还是闭着口的蛤蜊,只要他喊一声"接住",游戏就停不下来了,齐克一直玩不厌。

第六日是思考如何保证食物供给、如何设法生火,以及如何离开小岛这三个最大难题的日子。如果老是考虑这几个问题,他会情绪低落,有时甚至会掉眼泪。只琢磨一天,他还能保有希望,尤其是获救的希望。

第七日,他又会想起妈妈。日子已经过去一个多月了,夏天都要来了,然而没有一艘船经过,更别说在这座荒岛上靠岸了。乔西亚不得不认为妈妈已经彻底忘了他。她准是以为他已经死了，因为如果妈妈认为他还活着，按说她一定会找人组织一支搜救的船队。

也有可能她根本不在乎他的死活，已经又嫁人了，没准儿就是嫁给那个以实玛利·布莱克，所以连儿子的尸体也不想找了。这个想法实在让人痛彻心扉，因此乔西亚不允许自己这样想。

或许她嫁的是楠塔基特岛上哪个有钱的老鳏夫？但乔西亚一时想不出人选。

有时，他希望妈妈幸福。也有时，他的心中满是怨愤。第七日总是难过的一天。

不过他最担心的不是自己眼下的状态。

现在他可以把小岛视作隐秘的、春夏时节的避难所，他自己给自己找活儿干，仿佛不是小岛困住了他，而是他拥有着小岛。可秋天来了怎么办？他很担心。还有冬天，他连想都不敢想。

乔西亚专注于觅食和保暖，经常忘记甚至根本不再想着靠自己离开小岛，其实，他知道这是在刻意回避。因为靠自己离开小岛需要太多的步骤，只要一步出了差错，他和齐克的境遇就有可能比现在更加危险。

而获救是更简单、更省事、更安全的方法。或许他得想想办法，让可能经过的船只注意到他们的存在。

12　时间飞逝

偶尔，在第七日的日子里，他会想，为什么要离开小岛？除去在新英格兰的冬天，他们无法在岛上存活以外，他似乎没有答案。如果他能找到生火的办法，并且保持火源，让他们撑过冬天，他为什么要离开呢？离开小岛后，他可能就要去给某个大陆人当学徒，或者去捕捞龙虾的船上干活……然而在这里，他不受制于任何人。他解不开这个谜题，打不开这个心结。

可到了下个第七日，阳光在头顶灿烂地照耀时，他又会把这些念头统统甩开，相信自己很快就能获救。

至于第一日，在楠塔基特岛的生活中，首日聚会的习惯已经根深蒂固，他原本为闲置的篝火坑拖来的一根木头，现在成了他专属的露天教堂的长凳。除非下雨，每个岛上的第一日，他都会在长凳上坐近一个小时。齐克安静地趴在他脚边。他在等待那个安静的声音再次出现，告诉他接下来该做什么，可他听到的动静不是他自己的，就是大狗的。他们俩说不出多少有用的话。

今天是第五日，又是一个暖洋洋的艳阳天，乔西亚带着

白鲸男孩乔西亚　Arch of Bone

大狗翻过小丘，到颌骨拱门下坐了下来。

乔西亚喜欢抬头看着颌骨，想象着鲸嘴开合。这是鲸的上颌骨还是下颌骨呢？它为什么会被立在这里？立起它，得要多少人呢？这些问题乔西亚依然没有琢磨出答案，但在万里无云的湛蓝天空下，答案似乎并不重要。

"大概，"他对齐克说道，大狗竖着耳朵听着，"只有在海里才能分清鲸的上下颌。"他想了想，又补充道："可等我们能近距离分辨清上下颌的时候，估计就来不及逃了，只能束手无策地被鲸吞下肚。"他被自己的玩笑逗得笑了起来。他已经很久没有笑了，笑声有点儿刺耳。忽然，他想起了爸爸和那头白鲸，他意识到这个玩笑一点儿也不好笑，他不得不努力忍住眼泪。

齐克似乎非常赞同小主人的话，它把鼻子拱到了乔西亚的颈边。男孩与大狗打闹了一会儿。以前他们经常这样打闹，那时候那个以实玛利·布莱克还没有出现，乔西亚还没有跑出家门，没有被帆桁击中头部，海燕号也没有失事……

打闹过后，乔西亚挪到一侧的白骨拱柱边，背靠着鲸骨，闭着眼睛打起盹儿来。他又一次进入了怪异的梦境，但这一次他梦见的不是会说话的鲸和小岛，不是妈妈和楠塔基特岛，而是一艘捕鲸船。

第二个梦：
金圆

第二个梦：金圆

父亲站在甲板上，盯着桅杆上的什么东西，乔西亚只能看见他的侧脸，父亲的表情异常严肃。乔西亚不知道是什么让父亲面色如此凝重。突然，父亲转过身来，给自己打气似的挺直了背脊，似乎做出了艰难的决定。

这下乔西亚看见了让父亲愤怒的东西，那是钉在桅杆上的一枚圆溜溜、金灿灿的钱币。这枚钱币又大又亮，显然不是楠塔基特岛上的货币。难不成是西班牙金圆？乔西亚只听说过这种在南美生产的值钱的金圆。可是这么贵重、被众多王室和各大教会收藏的钱币，怎么会出现在捕鲸船的桅杆上？没准儿就被人偷了。

"重赏之下必有勇夫。"父亲沉思着自言自语道。

乔西亚更加仔细地端详，眼前的梦境仿佛是一

白鲸男孩乔西亚　　Arch of Bone

个望远镜，而他是唯一的观察者。他读出了巨大金圆上的文字——厄瓜多尔共和国：基多。可这些文字跟巫师的咒语一样让他摸不着头脑。

他咂摸着这些字，它们并没有生出什么魔力。

这时，金圆上出现了一只戴着黑石戒指、线条流畅的大手，这显然是父亲的手。父亲展开五指，似乎想要抹掉这枚金圆。为什么？乔西亚怎么也想不明白。

突然，一个陌生的声音喊了起来。可这是在梦里，除了父亲的声音，他还能听到谁的声音呢？

"喂！你们最近见到那头该死的白鲸没有？"那声音问道。梦境的视角一转，只见一艘挂着英国旗的大船驶了过来。说话的是那艘船的船长，那是个六十岁左右、皮肤黝黑的壮实男人，衣服的一只袖子空荡荡的，被风吹得跟风筝的尾巴一样飘在身后。

这太不可思议了，简直像一场神秘而盛大的巡回表演舞台剧，而乔西亚是唯一的观众，尽管他在楠塔基特岛只瞒着父母看过一回演出。

"瞧瞧这个！"那位陌生的船长大声说道。他举起了一条假肢，那条假肢是用雪白的抹香鲸鲸骨做的，很像乔西亚枕着睡觉的那块骨头，不过尺寸

第二个梦：金圆

当然小了很多，似乎用的是鲸的肋骨，而不是整根的颌骨。假肢的末端装着一个木制的拳头，瞧着像个槌头。

乔西亚忍不住想，用那条假肢，估计能把西班牙金圆钉在桅杆上。

"这全拜那头白鲸所赐。"那位船长说道。他说话的腔调很干脆，不像新英格兰人。

"这是个老英格兰人。"乔西亚暗自调侃道。

"那就上船来吧，我们交换一下信息。"舞台近处，一位船长踏着沉重的脚步走上来，他只有一条真腿，另一条是骨雕的义肢。

乔西亚认得近处的这位船长，他是裴廓德号的船长亚哈。

裴廓德号的水手把壮实的英国船长拉上船，好让这位缺了胳膊的船长与自家少了腿的船长说说白鲸的事。

"你胳膊的事，给我仔细说说。"亚哈船长说着，露出冰冷的微笑，"后来你有没有再撞见那头白色的海怪？"

两个水手赶忙拿来两张凳子，两位船长探着身，面对面坐了下来。

白鲸男孩乔西亚　Arch of Bone

"你又撞见那头白鲸了吗?"亚哈船长追问道。

"撞到过两回。"英国船长说,但他没有进一步详细说明。

"两回你都没能制住它?"亚哈船长问道,他的声音里带着明显的鄙视。

"一条胳膊还不够吗?"英国船长说。

亚哈船长却不觉得好笑,他板着脸嘟囔道:"所有的祸事都是那个怪物引来的。"说完,他站起身,气冲冲地走了。连乔西亚都知道,这样送客十分怠慢无礼。

英国船长把脸扭向一名裴廊德号的水手。这名水手皮肤黝黑,没准儿就是以实玛利·布莱克的食人族朋友,他弓着身子听英国船长抱怨道:"你们的船长疯了吧?"

乔西亚没去管这名水手说了什么,因为他对这两个人已经失去了兴趣,而且梦境的视角变了,他看见了父亲。父亲刚才一直在甲板上看着,现在他转过身,落后几步跟在怒气冲冲的亚哈船长身后,乔西亚小跑着才追上了他们。然而似乎始终没有人看见乔西亚或者听见他的动静。

他们走进了船长室,亚哈船长冲他的大副发

第二个梦：金圆

着火："你，斯塔巴克，刚才居然闭着嘴，不替我说话？"

父亲的名字在亚哈船长的口中显得肮脏又可耻，简直像诅咒。

亚哈船长继续骂道："你总跟我叨叨那几个爱钱如命的船东，斯塔巴克，活像那几个船东就是我的良心。哼，他们不是。你也不是。但是你听好了，唯一真正的船东是船上的指挥官。你听着，我的良心就在脚下这艘船的龙骨上。"

乔西亚等着父亲开口反驳。亚哈船长坚持追杀白鲸，简直是带着手下人去送死，到时候没命的可不光是他一个人。他有什么权力叫人送死？

亚哈船长的声音大得刺耳，他这番训斥的用意很明显，他是要贬低、伤害父亲，让父亲难堪。可父亲对此却只是说道："这些话换个年轻点儿的人说，怕是比我脾气更好的人也忍不住……"

父亲指责的话还没说完，亚哈船长已经等不及地逼上前来，打断了他。"你竟敢批评我？这儿谁是船长，谁是大副？"这些啐出的字句海浪一般拍在父亲的脸上，砸在他的身上。

乔西亚震惊地看着父亲畏缩地闭上了嘴。换作

白鲸男孩乔西亚　Arch of Bone

妈妈，她绝不会退缩。不畏强权，敢于直言，这是贵格会全体教友恪守的格言。

乔西亚不能理解父亲的沉默。"爸爸！"他忍不住轻声提醒父亲。

仿佛是他的声音让父亲坚定了再尝试一次的决心，只听父亲对亚哈船长说道："不，先生，我不是在批评，是在恳求。我们难道不能更好地理解彼此吗，船长？"

亚哈船长没有立刻开口，他从架子上抓起一把上了膛的手枪对着父亲。"上帝主宰世界，可主宰裴廓德号的是我。滚回甲板上去。"

"爸爸……"乔西亚再次出声提醒。因为父亲气得面颊通红，握起右拳朝亚哈船长走去。但迈出一步后，他似乎控制住了情绪，转身离开了船长室。

乔西亚舒了一口气，他才意识到，原来他一直屏着气。他忠实地跟在父亲身后。

父亲在门口顿了一下。乔西亚也停下脚步。

父亲像舞台剧的演员一样回眸望去，视线穿过了他看不见的乔西亚。他对亚哈船长说道："小心成为亚哈那样的暴君。"说完，他出了门。

父亲已经来到走廊，身后又传来了亚哈船长的

第二个梦：金圆

声音。乔西亚停顿了片刻，想听听亚哈船长还要说什么。

"装得很勇敢，"亚哈船长讥笑道，"其实还是不敢反抗。装腔作势的勇气……"

这话让乔西亚痛苦又羞愧，但他无法反驳。

突然，乔西亚离开了梦境。他睁开眼睛，只见天空黑沉沉的。现在显然还不到天黑的时候，而且他感受到了风中的战栗。

啊，乔西亚想，又是一场暴风雨。他一声呼哨，叫起了陪在脚边打盹儿的忠实的大狗。

"我们回船下去。"乔西亚说着，站了起来。他的脚下有点儿不稳，似乎需要重新适应陆地，但其实他站不稳不仅是由于梦境中摇晃的裴廓德号，更是由于他心头受到了重击，他在梦境中居然背弃了父亲。

看样子，这会是场厉害的暴风雨，是他们在风暴中搁浅、被困荒岛后的第一场暴风雨。他们得把收集来的有用的东西都放在身边，躲在船下，等待风雨过去。

13

风雨再袭

Arch of Bone

白鲸男孩乔西亚　*Arch of Bone*

男孩和大狗同时扭头朝身后望去,变暗的天空正迅速逼近,速度快得几乎令人觉得不真实。乔西亚想知道自己是不是还在梦里。不过就算在梦里也一样,他还是得带着大狗去船下躲避风雨,这场风暴看来会很猛烈。

天暗得太快了,登上丘顶时,头顶的天空已经快黑了。乔西亚忍不住想躲进棚屋里,等风暴过去。

可齐克已急匆匆地向前跑去。乔西亚知道他必须追上大狗,他不敢与大狗分开,在这次冒险中,他们是伙伴。

反正下山也会轻松一点,乔西亚歇了一秒,喘了口气,撒腿追了上去。

跑到山脚下时,雨已经打了下来,但风还没有袭来,于是乔西亚抓紧时间,把为生火和修船积攒的木棍、树枝堆到了船下。然后他钻进肥大的雨衣,躺在船下,搂住害怕的大

13　风雨再袭

狗——刚好来得及。

齐克已经怕得控制不住地发抖。乔西亚保持着平稳、舒缓的语调,在大狗耳边哼唱着儿歌,直到狂风渐渐弱下来。

他不知道他唱了多久。几分钟?几小时?半天?他只知道,幸好有雨衣和倒扣的小船挡住了暴雨和狂风——至少挡住了一大半。

狂风的呼啸声让他想到了被鲸倾覆的捕鲸船上船员们的惊叫。又或者,这是地狱深处罪人们的惨叫声?

他不断地对自己说,他们躲在岸上倒扣的小船下,比在海面上驾船安全多了。可他越想越觉得不安,他们唯一的庇护所不过是光秃秃的荒岛上一艘缺了两块船板的小船,它在狂风、暴雨和闪电的面前脆弱不堪;若是面对暴涨的海水,就更无从抵御。岛上唯一的高地是那座低矮的小丘,丘顶大半的空间还被棚屋占去了。

他越想越怕,很快也和齐克一样发起抖来。

终于,狂风过去了,可某种程度上,这样的静默更令人恐惧,连海鸥和其他海鸟都不出声了。

白鲸男孩乔西亚　*Arch of Bone*

这是尸横遍野、无人悼念、无人救赎的战场上才有的死寂。乔西亚想。他的心中第一次没了底,他还能回到楠塔基特岛,再次见到妈妈,见到伙伴们吗?最终,他紧紧地抱着大狗,怀着这个可怕的念头睡着了。

雨点敲击着倒扣的船底,海水呜咽着上涨,逼近他们临时的卧室,但他们没有醒来。天空收起了它的闪电钓竿,不再掷下雷声轰鸣的渔叉。

这场猛烈的暴风雨结束得异常迅速。可是乔西亚和大狗对此无知无觉,恐惧和疲惫把他们困在了睡梦里。

乔西亚醒来时,已是灰蒙蒙的早晨,齐克在呻吟,似乎不仅是害怕,而是受了伤。乔西亚仔细地瞧了瞧,原来真有东西戳着大狗的侧腹,那东西在雨衣里,他忽然想起来怪不得前几天他也被戳了一下。

他抬起一侧的船身,尽量不吵醒已经停止呻吟的大狗,拖着雨衣滚到湿漉漉的草地上,站起了身。一起身,他就把手伸进雨衣深深的口袋,可两个口袋里都没东西,不过左口袋里有一个大洞。

13　风雨再袭

乔西亚摸了摸雨衣的衬里，万一那东西从口袋的破洞里漏进去了呢？衬里底部的确有一样硬邦邦的东西。或许，他祈祷着，是渔刀？是马林钉？他赶紧脱下雨衣，小心不要扯着破洞，把手深深地探了进去。

他摸到了一件冷冰冰的东西，像是铁器，但没有渔刀的利刃，也不是马林钉圆锥的形状。他花了将近一分钟，脱手了两次，才把这奇怪的东西够了出来。

这东西瞧着像是家里耙菜地用的钉耙的齿，难怪睡觉硌得慌，把齐克也戳得直哼哼。可乔西亚却一眼就认出了这样东西。

这是打火棒！

爸爸的船上就有一根。当然，船上也有新式的火柴。可爸爸一直更信赖打火棒，他总说："火柴要是受潮，就点不了火了，还有可能用完。可铁制的打火棒却始终牢靠。"

上次，就在爸爸上裴廓德号前，他们一起远足的时候，爸爸还说过这话。

打火棒！这是可以敲击燧石用来生火的铁器。尽管在这个荒岛上寻找燧石、黑燧石、大理石，还有其他一些合适的石头，可能需要时间，而且乔西亚对辨认石头也不太有把握，但他可以用打火棒试，一直试到成功地生起火来。他别的没有，可有的是时间！

白鲸男孩乔西亚　Arch of Bone

他相信,今晚他们能吃上热饭。

乔西亚把打火棒小心地藏回船下,那小心翼翼的劲儿,仿佛有人会来偷走一样。

"快跟我走,齐克,"他招呼着跑到另一块湿漉漉的草地上方便的大狗,"我们又要去寻宝了。"

齐克摇晃着瘦长的尾巴,热切地跟着小主人,朝最初搁浅的礁石滩走去。

潮水还很高,不过大海正在退潮。风暴卷来了许多漂浮物,乔西亚不太挑剔,他把瞧着有意思的都捞了上来,反正没用的东西总可以再扔回海里。

礁石间卡着一个剩了半截的破水桶,也许还能用,还有一根完整的树枝,好像也能够到。乔西亚探身去够树枝时差点儿失去平衡,幸好他及时稳住了重心。

"小心,"他轻声提醒自己,"要是一跤摔狠了……"

虽然要小心,但他还是又试着够了一回。这一次,齐克帮上了忙,它跳进水里,咬住了树枝,尽管这一跳把它自己和乔西亚都弄得湿漉漉的,但树枝被拖上岸了。

"等找到合适的石头,生了火,"乔西亚对大狗说,"第一口煮熟的蛤肉归你!"

大狗听懂了似的,使劲摇了摇尾巴。没准儿它确实听懂了。当然,乔西亚兴奋的情绪也很有感染力。

13　风雨再袭

乔西亚把这根树枝和半截的水桶放到高处,远离岸边。但除了这两样,捞上来的其他东西都没有用,乔西亚把它们扔回了海里。

齐克显然以为他们在玩抛接游戏,乔西亚每扔一样,它都掉头追着跑进水里。在第六次追逐中,它一头栽进一个深坑,挣扎上来时,已是一副淹得半死的模样。乔西亚蹚入水中,把呛了水、怕得直抖的大狗抱起来,小心地朝岸边走去。

突然,他赤着的脚踩到了什么尖锐的东西。"哎哟!"他疼得大叫一声,手一松,大狗扑通一声掉进了水里,好在水的深度只到脚踝。

乔西亚疼得脸都变形了。齐克不满地吠叫着蹿上了岸。

乔西亚觉得他的大脚趾准是被尖锐的礁石割破了。真是太糊涂,太不小心了,他手头可没有绷带,也没有妈妈自制的药膏,更找不到医生看诊。他想查出是什么割破了脚趾,于是小心地探下手去。

他摸到了一样东西,直起身一看,不禁惊喜万分,嘴都合不拢了。手中是他残损的皮鞘,虽然因为从礁石底下硬拽出来,被拉扯得残破不堪,但渔刀和马林钉都还挂在上面,他的脚趾就是被脱了底的皮鞘中探出来的渔刀划到的。乔西亚上岸后,又仔细查看了脚趾,他发现居然伤得不重,没有划破,更像是被戳了一下。

白鲸男孩乔西亚　Arch of Bone

乔西亚一瘸一拐地回到倒扣的船边,左手紧紧地握着皮鞘,仿佛它随时可能掉头溜回海里。齐克抽动着鼻子闻了闻,没有闻出名堂,就跟在了小主人的脚边。

乔西亚跪在船边,掏出藏在船下的打火棒,和皮鞘、渔刀、马林钉一起放在地上。

齐克过来闻了闻,露出了不感兴趣的神情。乔西亚郑重地对大狗说:"这些是救命的东西。有了这些,至少有机会回家了。"大狗听到"家"这个字,尾巴摆得和学校音乐课用的节拍器一样。

"如果我们想回去的话,"乔西亚补充道,"也不知道有没有人盼着我们回家。"这话连他自己听着都不合适,而且没有根据,但似乎为了说服自己,他又说道:"哪怕没有人盼着我们回去。"

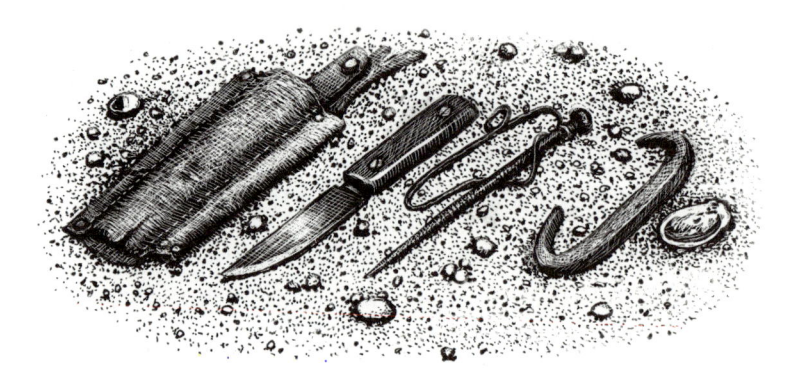

13 风雨再袭

齐克不停地摇着尾巴,它的兴奋劲儿终于折服了乔西亚。"那走吧,"他对大狗说,"咱们真正地撬一回贝壳去。"

他抓起大桶和刚捞上来的半截水桶,装上打火棒、渔刀和马林钉,然后又想了想,把皮鞘也放了进去,需要的时候,皮鞘可以保护手指。

他们笃定地出发了,这还是他们被困荒岛以后,第一次确信一定会成功。至少乔西亚很有信心,他的好心情也感染了大狗,它蹦跳着跟在小主人身旁。

14

风平浪静

Arch of Bone

白鲸男孩乔西亚　*Arch of Bone*

有了渔刀和马林钉，就能轻松撬下附在礁石上的贝类，再加上之前吃着唯一顺口的小圆蛤，眼前长长的河口简直就是食品柜。乔西亚想到种种美味，不禁有些飘飘然。

"等我们撬完这些回去，"他对大狗说，"正好退潮，我们可以安全地撒几网，再抓点鱼。"

现在有两个大桶，可以装更多的渔获，而且不用砸开贝壳取肉，就不会浪费大量的肉了。乔西亚觉得，今晚他们能饱餐一顿。

"而且是煮熟的大餐！"他对大狗兴奋地嚷道，齐克也汪汪地回应着。

"哦，渔刀！马林钉！"他祷告似的轻声叹道。

他低头看了看两个收获满满的大桶，心想，这都够吃两

14　风平浪静

顿了。在今天以前,一天两顿根本无法想象。

他们沿着河口返回营地,乔西亚拿起刚捞到的树枝,徒手掰了一堆细枝下来,又用渔刀锯断较粗的枝条,尽管他更想留着渔刀干更重要的活儿。

这些劈开的树枝他拿了一半,连同已经晒干的散碎的树叶、小块的树皮,以及在河口边采来的香蒲尖,一起放进了篝火坑,堆成爸爸口中的"鸟窝",不过这个"鸟窝"可不是为了小鸟,而是为了拢住火苗。他在篝火坑里弄了一个中间凹陷、足够生火的小窝。

然后他带着大狗又去了一趟河口,在上游有更澄澈的淡水的地方打了满满一桶水。

把水拎回营地后,他用渔刀和马林钉轻松地撬开了一半的贝壳。

"爸爸,"他轻声说,"谢谢您给了我渔刀和马林钉,还教会了我用法。"虽然明知不可能,但他还是期望空中会微微一亮,或者耳边会响起清嗓子的咳嗽声,仿佛父亲就在身旁。

他什么也没有等到,但他的心里依然很满足。

白鲸男孩乔西亚　　Arch of Bone

他左手拿着打火棒，右手拿着马林钉，脑中回想着父亲教授的打火的方法，单膝跪在篝火坑边。要用打火棒迅速、有力地敲击渔刀或者马林钉，击打出火花来。马林钉的表面更粗糙，自然更适合生火。

还是按照父亲教的方法，他把擦出的火花引向了用碎叶和树皮堆出的小窝。可有一部分树皮和碎叶还有点儿湿，火苗燃起的时间比他预期中要迟。

不过火苗最终蹿了起来。他赶紧在火上堆了一些树枝，并且轻轻地、稳定地吹着气鼓风。有一根树枝开始冒烟，接着一根根树枝都燃烧起来，最后桶里的水开始咕嘟嘟地沸腾，不一会儿，贝壳就绽开了。乔西亚疯子似的绕着篝火坑跳起舞来，大狗汪汪地叫着跟在他身后。

最后，他跳累了。他用渔刀搅了搅桶里的海贝，挑出脱落的空壳，然后把鼻子探到桶里蒸腾出的水汽上，熟食的香味令他心花怒放。

他用渔刀搅动着贝肉。当然，他做不出家里的浓汤，因为他没有培根、黄油、洋葱、土豆、面粉、奶油……乔西亚想念妈妈用文火煨炖的浓汤。爸爸总说，妈妈做的浓汤是楠塔基特岛上最美味的，放到第二天也一样好喝。

可在他们挑着石头渣，生吞了这么多天的蛤肉以后，现在这些用海水煮熟的贝肉就是最美味的，仅次于妈妈的浓

14　风平浪静

汤，再配上他的反思，这一餐更加香甜了。

哦，妈妈，他想，或许，是我误解了你。

现在他有了火，一切都有可能。

乔西亚和齐克撑得几乎动弹不得，也没把贝肉吃完，晚上把它们热一热，或者冷着吃，能再吃一顿。

乔西亚把剩下的半桶贝肉扣在船下护着，然后带大狗在岛上走了走，这次是为了消遣，而不是寻找食物。他们走到了拱门，一起背靠着鲸骨打起了盹儿。

没一会儿，乔西亚就做起了梦。这是一个令人不安的梦，而且醒来时感觉梦境真实极了，但乔西亚却无法相信这个梦。事实上，莫名地，他拒绝相信这个梦。

第三个梦：
叉鲸

第三个梦：叉鲸

梦中有一艘眼熟的捕鲸船，但乔西亚离得太远，游不过去，也看不清船名，不知道那是不是裴廓德号。

他此刻坐在划桨的捕鲸艇中，艇上载了不少人，有一个人立在艇首。乔西亚知道这个人是标枪手，因为这人手中拿着形状奇特的双股捕鲸叉，叉柄可能将近两米长。可与鲸相比，这不过是针尖大小。难道这些人打算用这样一根小棍子战胜鲸吗？

标枪手身量不高，但精瘦结实，乔西亚觉得他可能是印第安人，因为他和老艾布拉姆·夸里有着相同的肤色。

乔西亚迅速扭头，往艇两侧张望。艇上的人也在扭头，不过朝着不同的方向，因为他们在背对前方划桨，而标枪手站在前头。

白鲸男孩乔西亚　Arch of Bone

　　这样的捕鲸艇三艘一组,组成了一支支舰队,每艘捕鲸艇的船头都立着标枪手。

　　乔西亚飞快地瞟了一眼另两艘艇上的标枪手。那是两个几乎赤身裸体的陌生人,同样攥着长长的捕鲸叉。

　　梦中的乔西亚想,这样一根捕鲸叉可以杀人、猎狼,甚至还可以击杀黑熊,但他不相信这样的捕鲸叉可以猎杀鲸。哪怕把三根捕鲸叉接起来,也赶不上鲸身躯的长度和宽度,这样的小棍怎么可能杀得死鲸,大概只会激起鲸的怒气。

　　捕鲸艇在近距离追捕时不靠船帆提供动力,而是由桨驱动,桨手们迅猛地划着桨,风一般行驶在起伏的水面上。

　　乔西亚没有划桨,但奇怪的是,似乎没有人注意,也没有人谈论他,因此乔西亚确定这是在梦里。

　　突然,艇首的一名桨手叫道:"那儿!它冒头了!又冒了一次!金圆归我啦!归我啦!"听到这名桨手的叫喊声,每一艘捕鲸艇上的人都加快了划桨的速度。

　　"使劲儿划,伙计们,你们船长的手上可不止一枚金圆!"一个熟悉的声音喊道,"拼命划!"

第三个梦：叉鲸

乔西亚扭头朝声音的来源处看去，艇尾坐着一个没有拿桨的人，那人居然是亚哈船长，他高声叫道："这次的金圆被人赢走了，可下次还有，所以加把劲儿，用力划。"

金圆？亚哈船长？奇怪，他竟然一点儿也不惊讶。也是，这是他自己做的梦，这自然是裴廓德号的捕鲸艇。

桨手们划得更卖力了，乔西亚却开始发抖，这些人不知道，可他却知道这场追逐的结局。

乔西亚四下张望着，寻找以实玛利·布莱克，却没能立刻找到他。乔西亚心想，这是不是意味着那个以实玛利根本就是个骗子，他压根就不在裴廓德号上？他被留在了船上，在厨房里帮厨，或者在给亚哈船长整理私人图书，还是被关了禁闭？乔西亚猜不出答案，现在他能做的只是记住眼前的一切。

突然，左舷前侧的桨手紧张地叫了起来："它转身了！那家伙转身了！"

右舷的桨手也叫道："它转过身盯上我们了，亚哈船长的厄运要降临了！"

"那就来吧！"印第安标枪手吼道，"我们可是三对一。准备好捕鲸叉，叉中它！"

白鲸男孩乔西亚　　Arch of Bone

乔西亚不明白,为什么鲸离他们很远,只露出高高竖起的白色尾巴或一侧尾鳍的时候,捕鲸艇和鲸之间的水面显得支离破碎。而现在,白鲸迅速掉头,朝他们冲了过来,波浪却随着它的逼近越来越平静,仿佛一张宁静的地毯铺展在海面上。这似乎与直觉和知识相悖,却是眼前的现实,在一息之间令人猝不及防的现实。

已经来到眼前的巨鲸高高抬起尾巴,露出了整条白得耀眼的脊背,那上面扎着一根残破的捕鲸叉,捕鲸叉上鲜红色的布带仿佛流淌的鲜血。

"那是亚哈船长留下的捕鲸叉。"乔西亚悄声说道。看来,以实玛利没有说谎。乔西亚扭头望了望裴廓德号,父亲应该正拿着望远镜在船上注视着白鲸和捕鲸艇。以实玛利·布莱克大概也在船上,说不定已经扶着那个食人族的棺材,准备独自逃命了。

或许,乔西亚心想,上帝是让他来拯救爸爸,拯救这一船人的。可他不知道如何才能完成这样的壮举,按照贵格会教友的说法,他更像是此刻的见证者。

见证这一切,然后像《约伯记》里那样把消息

第三个梦：叉鲸

带回家去。难道他口中的噩耗会比那个当过图书馆管理员的人说出的更委婉吗？

他忍不住想，这都是亚哈船长招来的厄运。这位船长此刻正站在那里，冲白鲸挥舞着拳头，呼唤它、嘲弄它、引诱它、威胁它，只求决一生死。

艇上没有一个人对乔西亚有过丝毫关注。在乔西亚的眼中，他们是真实的存在，但显然他们根本看不见乔西亚。

乔西亚望着鲸探出水面的躯体，这一部分已如此巨大，可异常平静的波浪下还潜藏着更加庞大的身躯。而且最可怕的是，他清楚鲸嘴有多大，那庞然大物的颌骨立起来就是大教堂的拱门。

他等待着摧毁一切的致命一击。

突然，一群天使展开雪白的翅膀从水中飞起，欢呼着向乔西亚飞了过来。乔西亚跳起来，本想惊呼"天使来了"，可在开口的那一刻，他明白过来，这些只是被复仇的巨鲸赶出水的信天翁，因此他改口叫道："鸟！鸟！"没有人听见乔西亚的叫喊，除了坐在第三艘捕鲸艇后方的一个男人，那个人吃惊地扭头望向乔西亚。那个人是爸爸！爸爸没有待在裴廓德号上躲避危险，他在捕鲸艇上，因为他必

白鲸男孩乔西亚　Arch of Bone

须和水手们在一起,和他们同生共死。

"哦,爸爸!"乔西亚张开双臂呼唤着父亲。父亲听见了,似乎很欣慰。

乔西亚又望向了白鲸,也许这场屠杀还能被阻止。"莫比·迪克!"他高声叫道,"我看见你了,你逃不过我的眼睛。"乔西亚不是在虚张声势,他的确看到了,巨鲸颌骨的拱门已经开启——他看到了故事的结局。

白鲸凝望着乔西亚,似乎在将乔西亚从人群中剥离出来,它似乎知道乔西亚与其他人不同,只是捕鲸艇上的幽灵。

下一刻,巨大的鲸尾镰刀一般劈开大海,倾覆了所有的船只。

乔西亚一下睁开了眼,他的身上湿漉漉的,可那不是海水,而是冷汗,梦中的一切都太真实了。奇怪,他从来没有上过捕鲸船和捕鲸艇,却做了这样真实的梦。他用袖子抹了抹脸,深深地吸了一口气,他的心跳得比平时快了一倍。

第三个梦:叉鲸

跟随小主人起身的大狗有点儿不安地哀鸣着,似乎刚才它也在捕鲸艇上,不过它可能只是为一身冷汗、呼吸急促的乔西亚担心。

"没事,只是做了个梦。"乔西亚哑着嗓子对大狗轻声说道,但情况似乎并不那么简单。"我们该回去了。等回到营地,再琢磨这个实在令人不安的梦吧。"

齐克似乎完全听懂了,它汪汪叫了几声,转身蹿出拱门,快步冲上小丘,把乔西亚独自抛在了后边。

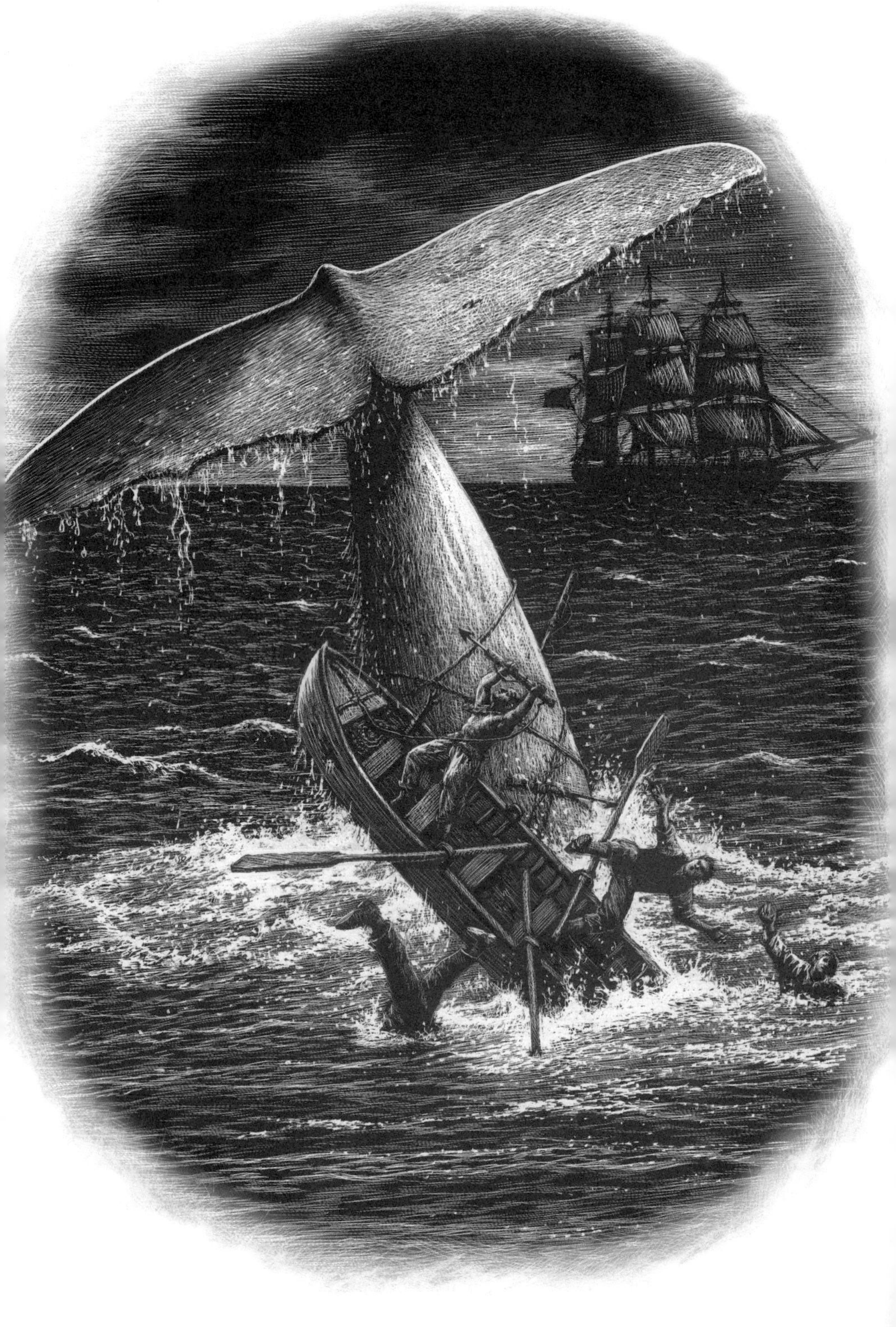

15

齐克遇险

Arch of Bone

白鲸男孩乔西亚　　*Arch of Bone*

乔西亚慢吞吞地朝营地走去。不可否认，刚才的梦太过真实震撼，实在难以解释。

帆桁的那一下重击把他砸得神经错乱了？这段时间他太累、太饿、操心太多，脑子糊涂了？突然吃了一顿大餐，已经萎缩的胃承受不住，导致他晕乎乎地发起烧来了？

乔西亚突然感到不安。他是不是对妈妈太苛刻了？妈妈究竟做了什么选择，他并不知道。还有，他是不是太懈怠了，没有努力想办法回家？

难道他看不清天气转冷后，这趟漫长旅程的结局吗？他已经不指望把船修好，放弃了获救的希望吗？因为父亲的去世和母亲的所作所为，他觉得已经不再有人爱他了吗？

可乔西亚随即抛开了这所有的念头。他又在瞎想了，在家时他就有这个坏毛病，该做的活儿没做完就长篇大论地找

15　齐克遇险

借口。

岛上只有齐克,没有一个伙伴可以和他有问有答地真正说说话,人都变傻了。

都怪他一开始就犯糊涂,不带补给,不带海图,毫无计划地出海,到现在才意识到错误。

在狠狠责备了自己一番后,乔西亚又气恼又愧疚,感到筋疲力尽,几乎遗忘了在颌骨拱门下做的梦。刚翻过小丘的他只想回到船边,拿出剩下的食物,叫上齐克,早点儿开饭。

突然,他的耳边传来了可怕的动静。

那不是风声,不是海浪声,也不是暴风雨来临前的动静,而是令人难以承受的怪声,乔西亚快到船边时才听出来,那好像是什么动物在痛苦地高声惨叫。

乔西亚四下张望着寻找惨叫声的来源。他赫然发现,有东西正抓着齐克的腿把它往水里拖,大狗半个身子已经入水了。

是鲨鱼、鲸,还是海浪?乔西亚心头一紧。

齐克拼命撕咬也无法挣脱,在它落败的吼声里,那东西把齐克往更深处拖去,这下齐克的胸腹都没入水中了。乔西亚也尖叫起来,撒腿朝大狗跑去。

"齐克,过来!过来!"他叫道。换作平时,齐克一听

白鲸男孩乔西亚　Arch of Bone

到就会跑到他身边来,可现在显然有东西死死咬住了拼命想要转身的大狗。没错,那东西的脑袋和后背露出了水面。

那是一只还没有成年的小海豹。这么小的海豹不会主动攻击,除非受到了挑衅。挑事的应该是齐克。

"傻狗,别纠缠了!"乔西亚对大狗喊道。他抄起一块浮木,向海豹的脑袋扔过去。

木块没有命中,却把齐克吓了一跳,海豹趁大狗一时分神,咬着它的腿又是一拖。乔西亚赶在海豹再次拖咬前冲下海滩,直接扑进涌来的潮水里。

途中,乔西亚已经抄起皮鞘插在了裤腰上。他拔出鞘中的渔刀,顶着潮水扑到齐克身边,挥刀刺向水中若隐若现的灰色海豹。

在水中挥刀不像乔西亚想的那样容易,水的阻力相当大。乔西亚又加了一把力,终于感觉刺中了东西,不过力度没有达到他的预期。但愿他刺中的是海豹,而不是齐克。

终于,海豹松口了,齐克立刻抽身,用左脚撑着,一瘸一拐地远远地逃上了岸。

乔西亚完全忘记了他是爱好和平的贵格会教友,他再次挥刀出击,这一击划到了海豹的鳍状肢,海豹逃走了。乔西亚几乎喘不过气来,心脏顶着胸膛怦怦直跳,但心里终于放松了。

他扭头朝齐克看去,大狗正哼哼唧唧地趴在地上,疯狂

15　齐克遇险

地舔着前爪,看样子在努力清理伤口。

"让我瞧瞧。"乔西亚说。大狗吓得一缩,乔西亚才意识到他对齐克吼了一嗓子。他赶紧调整声音,几乎耳语似的说道:"齐克,让我瞧瞧你的爪子。"

血不多,大部分被海水冲洗掉了,但爪垫上的伤口很深,齐克得有一阵子行动不便了。

乔西亚弯腰抱起大狗时,脚下踉跄了一下,尽管他们在岛上因为缺乏食物都饿瘦了,但齐克的分量还是不轻。他抱着大狗蹒跚迈步,把受伤的伙伴带到了安全的船边。

齐克又怕又冷,在船边瑟瑟发抖。乔西亚用厚重的雨衣裹住齐克,像哄毛孩子一样哄着大狗。终于,齐克镇静了下来。在齐克完全平静后,乔西亚又仔细地查看了它的伤爪。伤口得好好清理,还得防止沙砾进入伤口,可他既没有伤药,也没有绷带,只能掩住伤口,希望不要有脏东西进去。他用渔刀割下了一截右手臂的衣袖,用这块破旧不堪的布料把齐克受伤的前爪妥善包扎起来。

然后,他把齐克抱到船下,让它趴在雨衣上,用棚屋找来的一条绳子把大狗拴在了船锚上。

"待着别动!"乔西亚严厉地说。齐克学会的口令不多,这是其中之一,为了确保它听话,乔西亚又严肃地举起了右手:"齐克,待着别动!"

白鲸男孩乔西亚　*Arch of Bone*

他站起身，仿佛大狗能听懂似的对它说道："我得去打点儿清水，再给你洗洗伤口，还得生火热剩下的吃的，你乖乖待在这儿。"

乔西亚担心齐克还想跟过来，因此不停地回头。不过齐克并没有跟来，也许它听懂了小主人严肃的命令，也许它只是没有力气跟来，又或者大狗心里明白，它爪子受了伤，一瘸一拐很难跟上小主人，更别说它的腿还拴在船锚上。

为了确保齐克不会再次被海豹攻击，乔西亚把大狗整个扣在了船下，这才动身去打水。不过，齐克没有抱怨。

乔西亚打算顺路再撬一些贝壳，这样明天他就不用抛下齐克去寻找食物了。可附近已经被他扫荡干净了，他沿着河口走了好一段，才又发现了一处散落着不少贝壳的地方。

他脱下刚才救齐克时弄湿的鞋袜，把裤腿卷到膝盖上，顺着沙丘滑下水去采集贝壳。他把采下的贝壳先放在岸边，一会儿再归拢带走。

小圆贝和更大的贝类他都采了不少，数数已经有二十多个，足够美美地吃上一顿了，这可真值得再庆贺一次。乔西亚又脱下了衬衫，这回准备拿它当手提袋使，可看着手上的衬衫，他忍不住摇了摇头，心想：这衣服马上就要烂了，夏天还好，可是……

乔西亚穿好了鞋袜。突然，他发现了之前在岛上从未见

15 齐克遇险

过的一样东西。

那是一个鸟窝,高高地坐落在一块远离海岸线的石子地上。乔西亚悄悄地走了过去,窝里没有鸟,周围也没有鸟的踪影,但鸟窝里有两枚小小的鸟蛋。鸟蛋是淡淡的黄褐色,带着非常浅淡的黑色斑点,像是哪个外出采风的画家不小心在上面溅了一些墨点。

鸟蛋,乔西亚心想,太棒了!他忍不住咧嘴笑了起来。以前他的家务活之一就是每天一早去捡做早餐的鸡蛋,多余的蛋妈妈会用来做面包或者蛋糕。这两个鸟蛋放在半截的桶里用水煮一下,味道一定美极了!

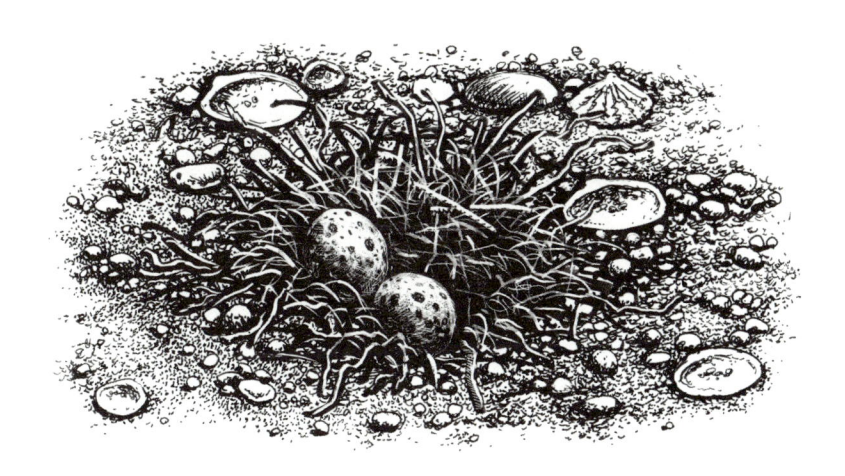

白鲸男孩乔西亚 Arch of Bone

鸡每天都下蛋,窝里的蛋不见了,它们似乎并不在意,它们只会产下更多的蛋。下了这两枚蛋的鸟没准儿也是这样的。

乔西亚十分小心地拿起鸟蛋,放在采来的贝壳上,缓步走回营地。

那天晚上,吃完蛤蜊大餐以后,乔西亚把鸟蛋煮了,火候掌握得刚好。等鸟蛋不烫了,他在石头上敲了敲,仔细地剥去蛋壳,和齐克一人一个,配着清水把鸟蛋送下了肚。

乔西亚确定他比齐克入睡晚,可他醒得却比大狗早。他头一次觉得,他们真的能够撑过接下来一段辛苦的时间,修好海燕号,顺利回家。

16

着手脱困

Arch of Bone

白鲸男孩乔西亚　*Arch of Bone*

乔西亚睁眼后就在琢磨，他知道必须订一个计划，现在海燕号下不了水也承不住风——好像有"承得住风"这种说法吧？应该不是他生造的吧？

首先得用钉子固定那两块脱落的船板，还得有针线缝补破损的船帆，然后得在船上储备不用热也能吃的食物。

也许他能在一天内回到楠塔基特岛。尽管漂至荒岛的途中，他有大半的时间神志不清，但估摸着也就漂了一天左右。即使他修补好了一切，到时候会有合适的风吗？龙骨还能浮在海面上吗？船帆能承得住风吗？小船或许会在海上沉没，或者在另一处海岸撞毁，他无法排除这些可怕的可能性。

他没有海图，没有指南针，完全不清楚自己所在的方位。他不知道，也无从判断自己是否漂过了葡萄园岛，甚至

16　着手脱困

彻底漂出了海图标注的范围，毕竟在漂至这处可恶荒岛的途中，他大部分时间都处于昏迷状态。

但是，我会努力一搏！不是为了我自己，而是为了妈妈，为了关于爸爸的回忆，为了齐克的平安。

乔西亚想，是自己害齐克陷入困境，因此自己有责任带齐克脱困，爸爸要是活着，一定会希望他担负起责任来。他不能放任自己的愚蠢侵蚀对父亲的回忆，也不能让母亲在为父亲哀悼后，又紧接着为自己而伤心。

乔西亚翻身从船下滚了出来，他活动了一下肩膀，看了看缺失了两块船板的船底。一块船板依然雕塑似的矗立在最初搁浅时船头犁入的地方，另一块侧躺在旁边。乔西亚查看了这两块船板。

竖立着的船板缺了四颗钉子，另一块缺了六颗，就是说至少需要十颗铁钉，而岛上只有两处地方能找到可用的东西。一处是棚屋，另一处是柴火堆，这段时间他捞了不少浮木用来烧火做饭，同时备着天冷后取暖。

乔西亚朝那堆杂乱的木头走去，他第一次意识到了自己的愚蠢，他竟然像童话故事里的小孩一样，打算长期待在岛上，而不是像遇险的水手那样设法脱困。

这一次，他动手将这堆木头分了分，把只适合烧火的树皮、树枝和小块木头放在一边，把所有看着带有人力加工痕

白鲸男孩乔西亚　Arch of Bone

迹的木头放在另一边。

乔西亚把杂乱的柴火堆翻了个遍,根据头顶太阳位置的变化来看,他翻了有一个小时,可只找到了两件人造物品:一件瞧着像是客舱里的抽屉,另一件是半扇门。这两件物品上可用的五金零件总共有七颗钉子、一颗螺栓和两颗螺丝钉。他算是有了进展,进展虽然不大,但不容犯错。

接着,他取出塞在船头的船帆。船帆很脏,长满了霉菌,得清洗晒干以后才能仔细检查,判断哪些部分需要缝补,哪些部分已经废了,只能舍弃。

他花了两个多小时蹚入浅滩,用双手清洗船帆。然后,他把洗净的船帆晾在海燕号的龙骨上。

帆布有太多片,龙骨上晾不下,于是他把最大的一片晾在了船边的草地上。船帆可能得晒个几天,到时候才能真正开始缝补。

乔西亚没怎么缝补过东西,但他见过很多水手缝补各种不同的船帆。当然,那些水手用的都是合适的针和坚韧的

16　着手脱困

线，手上还戴着缝制船帆用的铁掌[①]。而乔西亚却只能用马林钉在结实的帆布上戳孔，拆开渔网当线，至于护手的铁掌，只能以后再想办法了。

洗完船帆，已经快到正午了，乔西亚准备再去棚屋瞧瞧。但里面有用的东西应该都被他拿走了。东西本来就不多，就是一些团在一起的绳网，还有一件雨衣，不过雨衣口袋里的东西倒是让人惊喜。

乔西亚又看了看天，天空晴朗，吹着习习的东风，是寻宝的好天气。他打算先去棚屋，然后去小岛的东侧，看能不能捞到浮木，那里水流湍急，每天都会漂来东西，没准儿能再捞几块带钉子的木头。棚屋里还有最后一样归途中能用上的东西。

齐克这会儿正睡着，乔西亚打算就不叫醒它了，它爪子受了伤，只会拖累进度。

于是，乔西亚拿上了最大的桶和挂着渔刀和马林钉的皮

---

① 铁掌是手掌大小的皮护具，带有金属顶针，能够在缝纫厚重的帆布时保护手。——译者注

白鲸男孩乔西亚　　Arch of Bone

鞘。此外，他还带上了打火棒，以备生火或砸东西之需。然后，他悄悄离开了营地。

不知道为什么，他似乎摆脱了恐惧、悲伤和挫败感，从流落荒岛后无休止的求生琐事中挣脱了出来。他会修好海燕号，缝补好船帆，冒着艰险回家去。大不了死在路上。

最后冒出的死亡的念头在乔西亚脑中挥之不去，但作为水手的儿子，他和父亲首次出海时，死亡这个幽灵就常伴左右。尽管大家都期盼平安，闭口不提"死"字，但人人都知道，生死掌控在上帝的手中，死亡的幽灵就在那里。

生死不由自己作主，却掌控在上帝的手中，乔西亚愤怒地想，可这一次，我要尽力掌握自己的命运。

他脚步不停地向前走去，微风拂动着他的头发。

正午阳光下的小丘似乎在一夜间拔高了几分，看起来比平时高了不少，有点儿让人生畏，棚屋却像未开封的礼物一样矗立在丘顶。尽管乔西亚并不抱什么期望，因为他知道棚屋里已经彻底空了，而且他也不再相信童话故事，但他还是争分夺秒地往上爬，气喘吁吁地登上了丘顶。

16　着手脱困

他打开棚屋门瞧了瞧，里面空荡荡的，这丝毫不令人意外，毕竟把棚屋清空的就是他本人。但现在他寻找的是可用的钉子，他并不指望再找到雨衣、渔网，或者打火棒，这些东西他已经有了。

他绕着棚屋，里里外外细致地找了个遍。他觉得可以在不损坏棚屋的前提下，从门和侧面的木板上拔出几颗钉子，把手上还能卸下两颗螺丝钉。他想把棚屋作为礼物留给可能在这片岛礁遇险的人，或者作为对棚屋主人的致谢——如果主人还回来的话。

乔西亚找到十颗可用的钉子，这样总共就有十七颗钉子了，在修补船底时就有点儿余量了。

他拿出装渔刀和马林钉的皮鞘，开始动手拔钉子。他预计还得费一两个小时的劲儿才能干完。没想到，头三颗钉子非常容易拔出来。可接下来就跟他预料的一样艰难。最后两颗钉子扭曲得实在厉害，根本拔不出来，所以最终只有十五颗钉子。不过，这些钉子用于修补船板还是有一点儿余量的。

正当他欣喜地把钉子放进桶里以免丢失时，身后传来了古怪的哼哧声，他握着刀，迅速转过身去。

不远处是一瘸一拐的齐克，它拖拽着受伤的爪子上已经被扯松的布条，正艰苦攀爬着，离丘顶只有最后几步路了。

白鲸男孩乔西亚　　Arch of Bone

也不知道它是怎么从倒扣的船下爬出来，还挣脱了绳索和铁锚的。

"傻狗！"乔西亚埋怨道。他的语气中透着宠溺，但也担心齐克在跟他来棚屋的这一路上，伤口会再度裂开，更不用说伤口上会沾满沙砾和草屑了。

回家的路上，齐克得健健康康的。

"坐！坐下！你爪子伤了，不应该走路。"

可齐克没有坐下，它挣扎着走完了最后几步，爬上小丘，然后一头扎进棚屋，四下嗅闻，似乎认为小主人的搜查工作做得不彻底。

"别闻了！"乔西亚命令大狗。"里面没有东西了，齐克。"这一回他的语气透出了更多的恼怒。"坐下！"他比了个坐下的手势，这是大狗能够理解的为数不多的手势之一。随即他更加大声地命令道："坐！"

然而齐克不愿意放弃它给自己指派的工作，继续深入棚屋搜查。突然，它在棚屋另一头的角落疯狂地刨挖起来。那块地方黑乎乎的，除了沙土和木头，什么也没有。齐克刨得尘土飞扬，受伤的爪子被弄得肮脏不堪。

"出来！快出来！"乔西亚喝道。他拉着大狗的皮项圈，把它拽出了棚屋。

16　着手脱困

齐克叼着一样东西，呜呜地叫着，也不知道它是冲着乔西亚还是冲着这样东西叫。

"哦，快把这脏东西放下来！"乔西亚呵斥道。这一回，齐克乖乖地听话了。

乔西亚担心这是什么动物的尸骸，他最先想到的是老鼠，其次是海鸥。可他料错了，他用打火棒捅了捅，发现这根本不是尸骸，而是一团乱糟糟的亚麻绳。或许以前这是张绳网或者垫子，但看样子已经被动物充当窝巢有些日子了。

显然，棚屋的地上有不少洞，足以让某些小型动物钻进来避寒。看来棚屋已经至少有一年没人来了，没准儿有两年，甚至更长时间。

这应该是棚屋最后的馈赠了，而且是非常不错的馈赠，乔西亚立刻表扬了齐克。同时，他在心里盘算着：这团麻线清洗干净，去除糟烂的部分，理顺以后，会是最理想的结实的帆线，可以用来修补船帆，这可比从那两张粗糙的渔网上拆线强多了。

"好伙计，"乔西亚跪在地上，鼻子贴着齐克毛茸茸的脖颈，说道，"你又救了我一次。"

他把剩余的脏麻线统统收进桶里，盖在钉子上，然后带着齐克返回船边。不过因为齐克的脚伤，他们走得很慢。

下午剩下的时间里，趁着齐克睡觉，乔西亚整理、清洗

白鲸男孩乔西亚　　Arch of Bone

了麻线，又在附近一块比较平整的花岗岩上，用打火棒把从棚屋上拔来的钉子敲直了。

担心齐克再走长路，乔西亚在大渔网上挂了几块剩下的蛤肉，就在海燕号附近撒网，想网几条鱼当晚餐。

那天真是好运连连，他网到了四条小香鱼和一条比目鱼。他把鱼放在最大的桶里文火炖煮，和齐克一起美美地吃了一顿。

临睡前，他闻了闻，空气里没有湿气，于是他把晾着的帆布都翻了个面。

"不过，老实说，"他对已经打起呼噜的大狗轻声说道，"炖鱼的味儿太大了，我怕是连狂风的气息也闻不出来。"

齐克没有回应，它一动不动沉沉地睡着。很快，乔西亚也打起了呼噜。美餐了一顿的男孩和大狗在安全的船下，一夜无梦，一直睡到了早晨。

17

缝补船帆

Arch of Bone

白鲸男孩乔西亚　*Arch of Bone*

最终，乔西亚承认，接下来的一周是他这辈子最辛苦的一段日子。虽然乔西亚只有十四岁，可父亲出海期间，他就是家里的男子汉，脏活儿累活儿都要干。再加上母亲得了咽炎，他还要打扫屋子，养鸡种菜。海燕号在漫长的寒冬里也要保养。哦，对了，他还得挤奶，每次挤奶的时候，那头奶牛都会叫唤，还放屁、踢人，真是太招人恨了。更别提他还要上学了。除非去岛外继续上大学，否则来年他就能结束学业。他原本一心想当水手，可现在不那么确定了。

因此，他是习惯于辛苦劳作的。在荒岛上，为了填饱肚子，他每天采集贝壳、捕鱼，可这跟家里要干的活儿相比不过是小意思。他烦的不是劳累，而是孤独，是无法确定的命运，他渴求的是一句安慰的话，而不只是被大狗舔手掌或下巴。

17 缝补船帆

最后这段时间的修补工作让他疲惫不堪，因为他知道这关系着生死。如果海燕号的修补出了差错，出海是死路一条，可就算留在小岛上，他也撑不了多久。

没想到，把脱落的两块船板钉回到龙骨上竟然是修复工作中最简单的部分。但是用打火棒敲击钉子的时候，有几颗钉子被砸弯不能用了，乔西亚只好又去了两趟棚屋，拔了三颗钉子。

乔西亚干了整整一周，他希望船体已经彻底修补好，不再漏水，可以下海了。不过，他还没有把桅杆装回去。船帆的状况非常糟糕，光靠一支船桨肯定走不远。

可缝补船帆比敲钉子、上螺丝钉难多了，也累多了。而且，以前爸爸经常教他怎么钉船板，可如何正确地缝补船帆，恐怕爸爸自己也不会。

在陆地上，缝纫大多是女人的活儿，当然，裁缝师傅除外，还有楠塔基特岛上的帆匠，他们在阁楼上修补、缝制船帆。爸爸带乔西亚去过几次帆匠的阁楼。在乔西亚看来，男人穿针引线似乎有些奇怪，甚至有点儿娘娘腔，但爸爸温和地指出："没有他们的工作，我们这些船员怎么能安全回家呢？"

是啊，的确是这样！

白鲸男孩乔西亚　Arch of Bone

大型海船上都至少有一个专门修补船帆的帆匠，他们配备着量尺、粗大的帆针、结实的帆线，以及必备的铁掌。可在荒岛上，乔西亚却得"白手起家"。

乔西亚明白修理船只并不容易，这一点他早就清楚，但他一直觉得缝补船帆似乎并不太难。然而，事实证明，修补船帆太难、太折磨人了，尤其在没有合适的针和线的情况下，这项工作简直是一种惩罚。

首先，洗、晾那团麻线，分出足量、可用的单股线绳，就花费了好几天。在准备好清洗得尽量干净的麻线后，还得想办法在帆布上钻出大小合适的穿线的孔。

手头能钻孔的工具只有马林钉，乔西亚只好忍着手疼，一小时接一小时地转动马林钉，在顽固的帆布上钻出位置和尺寸合适的小孔，然后再把更加顽固的麻线从孔里一点一点地穿过去。

刚穿了一个小时，手上已经伤痕累累，乔西亚只好停工一天，给自己做了一副相当合用的临时铁掌。

到头来，铁掌的最佳选择却是装渔刀和马林钉的皮鞘，尽管它称不上十全十美，却能改善状况。为了能把皮鞘套在手上，乔西亚拆开了鞘带，用马林钉和打火棒钻了几个孔，将鞘带缝成新的形状。成品不精美，不过绝对实用。

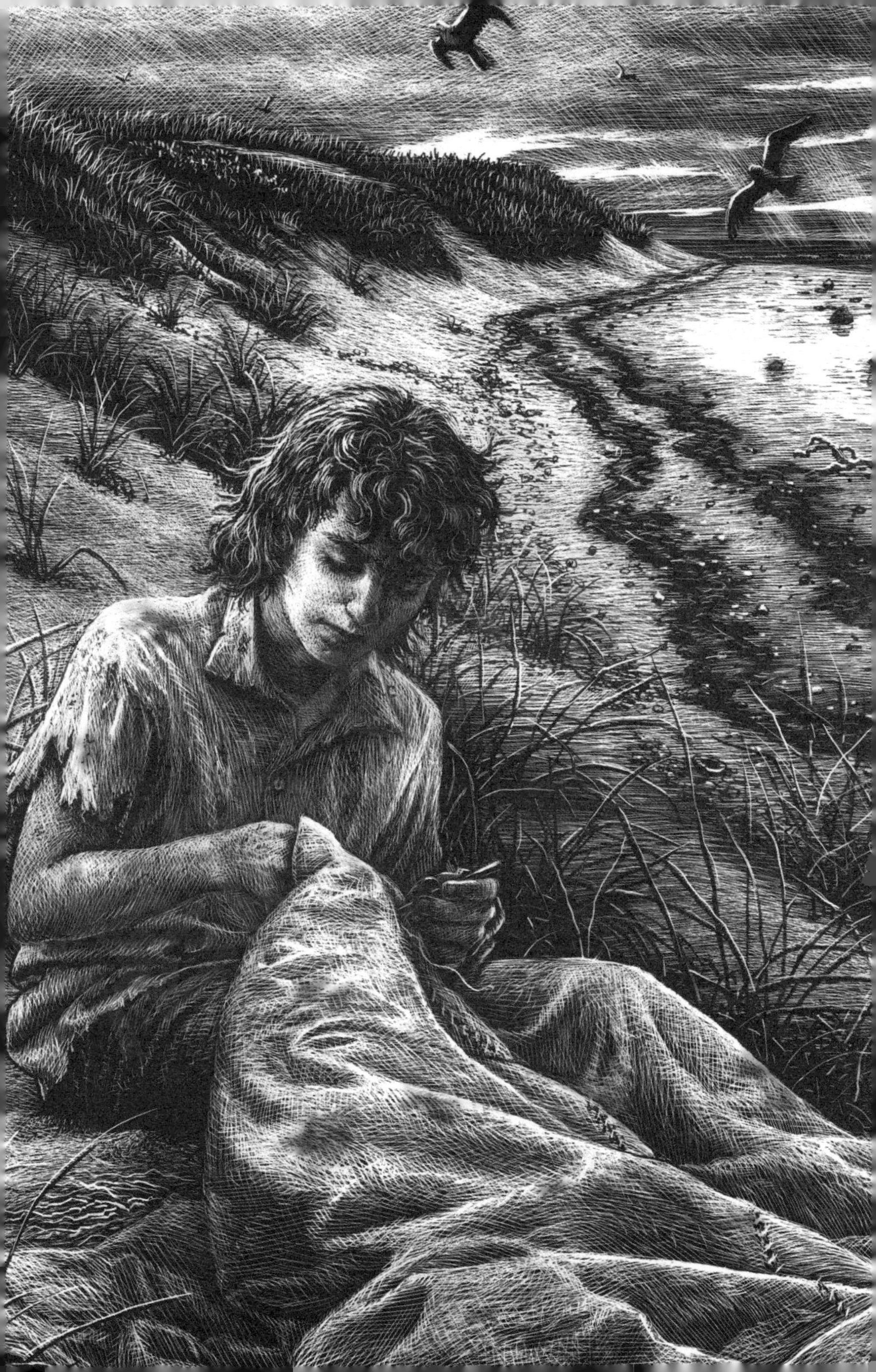

白鲸男孩乔西亚　　Arch of Bone

乔西亚把第一根麻线成功穿进孔后，立刻兴奋地向旁边第二个孔"挺进"，可他不知道得在末端打结，因此麻线一下从两个孔里滑了出来，他差点儿掉下泪来。

于是，他重新规划了工序，牢牢记着在每根麻线的末端打结，不然所有艰难的缝补工作都会白费。

由于钻的孔大小不一，有时候他得连打两个甚至三个结。这样干了两天以后，他已经不需要在换线的时候记着打结，打结已是每次换新线时的本能动作。

即使有了自制的"铁掌"，每天缝补完，乔西亚的手还是布满伤痕。这令采蛤和捕鱼变得更加困难，但捕捞食物同样是必须完成的任务。

所有工作都因此拖慢了进度，只有时间在一天天地迅速溜走，秋天眼看就要来了。

乔西亚已经疲惫不堪，但他努力不让自己放慢速度。

一周后，齐克的伤爪似乎已经痊愈，它更加热切地想跟乔西亚一起去寻找食物。"可我的手……"乔西亚抬起磨得青一块紫一块的右手，嘟囔道。他没有得到大狗的回应。

幸好另一只鸟儿又开始在窝里产卵了——也许还是同一只鸟儿，乔西亚也不清楚。所以，每隔几天，他就能煮鸟蛋来补充伙食。比起捕捞、烹煮贝类和海鱼，捡蛋、煮蛋可轻

17 缝补船帆

松多了，还能让手少沾点儿水。

乔西亚很快就吸取了教训，改在早晨和傍晚，太阳不那么炎热的时候修补船帆，这在一定程度上缓解了他的疲劳。但由于不断返工，修好船帆花了整整两个星期。他在此过程中学到了不少缝纫技巧，但他更想提高的是缝纫速度，可速度始终上不去。

尽管补丁挺结实，可即便用乔西亚自己的眼光评判，他缝得也实在是太粗糙、太丑陋了。真正的帆匠，哪怕在同样恶劣的条件下，也能缝制出体面得多的成品。没有水手会用这样的帆。

但乔西亚希望这些丑陋的帆布能带他回家。它们是他唯一的指望，因为他没有更多的缝补工具和更好的技巧，也没有别的可用的船帆，他唯一拥有的，是不断驱使他的求生渴望。

但愿缝补好的船帆能够承住风，只要能撑着回到楠塔基特岛就好。

"回去以后，"他郑重地对大狗说，"我再也不会轻视帆匠了。"

船帆缝好后，乔西亚把帆升上桅杆检查了一下。没想到，随着帆布渐渐升高，船帆的样子竟然体面了起来，虽然外行缝补的痕迹还是很明显，但他那些糟糕的针脚不那么显眼了，麻线与清洗得不大干净的帆布几乎融为一体。

白鲸男孩乔西亚　　Arch of Bone

检查完后，乔西亚收起帆。为了庆贺，他带着大狗朝鲸骨拱门走去，他想坐在拱门下歇一会儿，想想接下来该做什么。他还想反思一下自己和爸爸的差距。爸爸如果被困在荒岛上，肯定不会自怨自艾，这么长时间什么也不干，只是采集几个贝壳，用渔网零星地捞几条鱼。如果爸爸身边有伙伴，不管是人是狗，他一定会努力带着伙伴脱困，会立刻想办法回家，回到妻儿身边。

身边的齐克动了动，似乎在说："可你救了我。"

"你也救了我。"乔西亚回应大狗说。齐克又往小主人身边靠了靠，把头搁在了小主人的腿上。

乔西亚倚靠着背后坚实的鲸骨，准备迎接梦境的到来。可他又有些拿不准，现在他已经探究自己的内心，行动起来了，还有必要做梦吗？

"真正的船长肯定不会像我这样，他会抓紧时间修好船只，早早地离开这里。"乔西亚轻声说道。在他的低语声中，他和大狗渐渐沉入了梦乡。

他立刻梦见了裴廓德号。那时他并不知道，这将是他在鲸骨拱门下做的最后一个完整的梦。

第四个梦：船长

第四个梦:船长

天空是晴朗的青色,起伏的海水还没有被传说中的白鲸掀起巨浪,但裴廓德号不像上次在梦境中见到的那样整洁。船上弥漫着浓重的鲸油味,仿佛船身的每一个孔隙都在渗着鲸油。甲板上有污渍,虽然颜色发黑,看着却好像血渍,似乎水手们用死亡涂抹了甲板,然后隐入下方的舱体,准备吟唱自己的复活之歌。

乔西亚看着空荡的黑色甲板,忍不住发起抖来。他不知道颤抖的是梦中的自己还是现实中的自己,也许无论是梦境中还是现实中,他都在发抖。他只知道眼前的一切是梦,也是真。

父亲从一扇没有标识的门中走出来,上了甲板,朝船身的背风面走去。乔西亚跟了上去。

在背风面凝望着大海的是亚哈船长,乔西亚一

白鲸男孩乔西亚　　Arch of Bone

眼就认出来了。这已是亚哈船长第三次出现在梦里，每次他都穿着同一套衣服，错不了的还有那条用白骨制成的假腿。

父亲走到亚哈船长背后，清了清嗓子。亚哈船长听到动静，转过脸来。

他看上去比上一次老了许多，身子没有以前挺了，脸上布满皱纹，一双眼睛仿佛残灰中发着微光的余炭。亚哈船长的脸是被太阳晒得太狠了吗？或许，这是他为即将来临的惨剧所受的惩罚；或许，悲剧已经发生，眼前的裴廓德号是一艘幽灵船。

在梦境中，时间是不可靠的。

"斯塔巴克！"亚哈船长以命令的口气唤道。这是在叫父亲近前说话。

"船长！"乔西亚和父亲同声应道。父子俩的声线像极了，仿佛是一个人的声音。乔西亚立刻意识到了自己的错误，但亚哈船长没有往乔西亚所在的方向看。显然，他看不见乔西亚，他认为面前的交谈对象只有父亲一个人。

他们都看不到我，乔西亚心想，上次在捕鲸艇里也是这样，只有白鲸能看到我。他不知道这是梦的逻辑还是魔法。

第四个梦：船长

亚哈船长说起他还是年轻的标枪手时捕杀的第一头鲸，那时候他才十八岁。乔西亚忍不住想，这像是垂暮者的回忆，而不是正在捕鲸的人说的话。也许他会放弃那头白鲸，掉头返航，船上应该已经有足够的鲸油满足船东，因为显然每一条船缝都在渗着鲸油。

乔西亚脑中闪过一个念头，也许裴廓德号没有沉没，那个以实玛利·布莱克只是个叛逃者，他把棺材扔下船，一个人逃走了。

亚哈船长此时在感叹他艰辛漫长的一生。"唉，疲惫，沉重！"他叹息道。

他朝父亲探了探身，告解似的说道："我吃了四十年腌菜——这大概也象征着我的灵魂，干巴巴的，没有滋养。"他顿了顿，沉思了片刻，又说道："我在你的眼睛里看到了我的妻儿。"似乎为了否认这一幻象，他摇了摇头，白发波浪似的起伏着。

他这不是垂暮，乔西亚想，而是已经没有了活气。

"船长！"父亲开口道，"那头鲸您不要追了，我去追。"

"不，不，你留在船上。"亚哈船长抬起手，

白鲸男孩乔西亚　Arch of Bone

说道,"我追白鲸的时候,不要下去。那祸害是我一个人的。"

乔西亚忍不住大声喊道:"爸爸,告诉他,白鲸不是任何人的祸害。告诉他,他是船上全体人员的父亲,就像您是我的父亲一样。"

父亲似乎听见了乔西亚的呼喊,他望了望四周,然后对亚哈船长说道:"拜托您,尊敬的船长,我们为什么非要追逐那头可恶的白鲸呢?我们快点儿离开这片危险的海域吧。"

可亚哈船长已经扭过脸望向了大海,这一次他凝望的仿佛是水下的坟墓。突然,他抬起颤抖的手指,指向一股喷出的白色水柱。"那儿!那儿有鲸在喷水!"他立刻扯开嗓门,叫水手长放下捕鲸艇,显然他已经这样追逐过无数次,并且还将无数次地追逐下去。

乔西亚转头看向父亲,只见父亲绝望地垂着肩,正默默地离去。乔西亚在父亲身后叫道:"爸爸,你为什么不继续劝他?面对强权,不是要勇于直言吗?现在这条船的命运,还有这满满一船勇敢的水手们的生死,都在你的手中!"

但乔西亚清楚问题的答案。父亲是忠诚的大

第四个梦：船长

夫、可靠的父亲、正直的好人、值得信赖的副手，可作为贵格会的教友，他能说的都已经说了，他自愿替船长去追逐那头鲸。他已经无法可想，只能相信上帝的安排。然而上帝没有听见他的祷告。

而且，现在再想什么办法也已经太迟了。

以实玛利·布莱克没有说谎，父亲再也回不了家了。可我，乔西亚想，我能够回家去。

乔西亚醒来时，落日余晖美得惊心动魄，却又藏着一丝不安，天眼看要下雨了。齐克在同一时间也睁开了眼睛。

乔西亚急忙带着大狗往回走，路上没有采蛤，也没有查看鸟窝，一步也没有停，可回到船边时，他们已经湿透了。最近因为修船被正过来的海燕号，也已积了两三厘米的雨水，看来修补的两块船板钉得很牢固，可是他得再次侧翻小船，才能倒掉雨水，而小船一侧翻，船帆又会被弄脏，所以得摘下船帆。

乔西亚又花了半个小时，费力地摘下船帆，地上也已经湿透了。乔西亚将海燕号拖离最湿的地方，倒出船中的雨水，然后把小船彻底倒扣过来。为了能让船帆少沾点儿泥，

白鲸男孩乔西亚　　*Arch of Bone*

他把船帆铺在了龙骨上。"再洗洗也不坏。"他对齐克说。可大狗似乎并不赞同。

乔西亚已经精疲力竭，他带着大狗钻到船下，裹在雨衣里。但雨太大了，一股股雨水不断涌入船下，雨衣也只能让他们在夜里好歹干爽一些。

这一晚，乔西亚没有做梦。齐克却似乎整夜在梦中追逐，因为它不停地蹬腿，蹬了一宿。当它从不安稳的梦境中醒来时，乔西亚刚团身钻出小船。大狗看着小主人，翻身坐起，伸了个懒腰，晨光虽然有些惨淡，但又是新的一天了。

18

许下诺言

Arch of Bone

白鲸男孩乔西亚　Arch of Bone

乔西亚看着似乎还有点儿犯迷糊的大狗。

"我要承诺你三件事，齐克。"他对大狗说。

大狗顿时集中精神，坐直身子，脑袋稍微碰到了船板，它调整了一下，往下趴了趴，然后竖着耳朵，摇着尾巴，崇拜地望着乔西亚。这才是它认识的小主人。

"第一，我们会准备足够的熟食。"

提到食物，大狗的尾巴在空中摇摆得更起劲了。

"第二，我会仔仔细细地把小船再检查两遍，确保它能够下海。"乔西亚向大狗露出了一个真诚的笑容。

看到小主人的笑脸，齐克愈加欢快地摇起了尾巴，还汪汪叫了几声。当然，乔西亚知道，大狗回应的并不是他承诺的内容，但至少，大狗突然振奋的情绪令人鼓舞。

18　许下诺言

"第三，"乔西亚接着说道，"我会认真查看天气，等到最理想的时候再动身，绝不会在暴风雨中出发。但我会抓紧时间，应该不可能是今明两天，不过一旦确定准备好了，就带你离开。"

乔西亚说完站起身，大狗也跟着站了起来，活蹦乱跳地等待着玩抛接游戏。乔西亚心头一软，捡了三根木棍，分别抛向三个不同的方向，大声喊道："这是第一条承诺，这是第二条，第三条！"

齐克跑了三次，把木棍一根根地拾回来，恭敬地放在乔西亚的脚边，似乎这些木棍也是它的承诺。

接下来的三天，雨始终不停，除了赤身去捕鱼、取水和一天两次小解外，乔西亚一直躲在倒扣的船下。每天他会在船下生起一小堆火，勉强把鱼煮熟，三天中煮了一条鳕鱼和两条香鱼。

乔西亚给大狗唱儿歌、讲故事，但凡还记得的都来了一遍。存货告罄以后，他挑了五六首自己喜欢的儿歌重复唱，反正大狗听不出来，也不在乎。

他们的睡眠时间很长，敲在船身上的雨点声是最完美的催眠曲。

第四天，太阳终于露出了灿烂的笑脸。

乔西亚信守承诺，全力以赴地忙碌起来。首先，他测试

白鲸男孩乔西亚　Arch of Bone

了海燕号的适航性能。他在涨潮时把小船拖进水，绕着小岛划了几段，操船的结果令人满意。

修整船帆又花费了三天时间，有些缝补的地方需要返工，而且他还得以不同的方式检测从前掌握的技能，比如在船帆和桅杆都不完美的情况下把它们支起来。

乔西亚尽力修补的小船和船帆至少都还能用。

现在要做的只剩下一件事了，那就是获取足够的鱼肉、贝类和鸟蛋，煮熟后存放在桶里。但愿到时候不要一顿饭还没吃上，就得先拿桶从船舱里往外舀水。

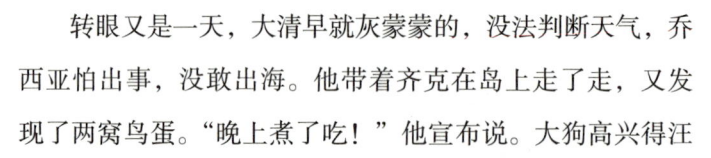

转眼又是一天，大清早就灰蒙蒙的，没法判断天气，乔西亚怕出事，没敢出海。他带着齐克在岛上走了走，又发现了两窝鸟蛋。"晚上煮了吃！"他宣布说。大狗高兴得汪汪叫。

他们又走了一段，来到之前在拱门旁发现的灌木丛边。这些低矮的灌木竟然真结出了蓝莓，虽然顶部已经被海鸥扫荡得一干二净，但底下还留了一些，乔西亚趁大狗吠叫着驱赶慌乱的海鸥时，把剩下的这些莓果采了下来。

18　许下诺言

"我们有甜点吃了！"乔西亚对大狗说。可大狗还等着第一道菜呢，所以没有回应。

他们穿过拱门返回时，乔西亚没有再尝试做梦，他不想冒险，万一那是不能离岛的恶兆呢？于是，他没有坐下，而是伸出手臂，将手轻轻贴在左侧的鲸骨上。

突然间，他发现自己骑在木箱上，正在大浪中颠簸。他低头看了看木箱，箱子表面刻着奇怪的图形，原来这是口棺材。

我成了以实玛利，乔西亚心想。他发出一声苦笑，自言自语道："我会回到妈妈身边的。"

乔西亚抬起贴在鲸骨上的手掌，幻境立刻消失了。他打了个呼哨，叫上大狗，朝海燕号走去。明天，他们将踏上回家的长路。

尾　声

Arch of Bone

白鲸男孩乔西亚　Arch of Bone

　　天气很好，刮着西南风，小船情况不错，只是操控起来略微有些迟缓。船体有点儿渗水，不过不严重，水桶就能应付。

　　转弯绕过小岛的尽头时，乔西亚稍稍有点儿紧张，因为满怀期待，胃部有些隐隐作痛，但他像老手一样应对得很好。他知道，在这样的和风中，顺着风势掉转船帆并不难。

　　港务长夸赞过乔西亚，说他操船技术不错，乔西亚也立誓要成为一名机敏的操船手。但齐克把脑袋死死地扎在内舱里，它宁愿在小岛上多待一阵子，待一辈子都行，只要别让它坐船。

　　海燕号扬帆向东驶去，离开了小岛。乔西亚这时才真正意识到，这座岛是多么小，而且海拔很低，若在冬天来场更厉害的风暴，小岛可能就会被淹没在水下十几厘米甚至几米处，这大概就是棚屋建在丘顶上的原因。稳定的和风推动着海燕号迅速前行，小岛不久就消失不见了。

尾　声

　　小船继续向东行驶，走了没多远，前方突然出现了另一座岛屿。

　　一时间，乔西亚的心怦怦直跳。那是楠塔基特岛吗？离得这么近？他们遭了这么久的罪，而援手近在咫尺？

　　可等到再近一点儿，他便看出这只是与他们离开的荒岛处于同一纬度的另一座小岛，只不过不那么荒凉，海拔也更高一些。小岛隐约有些眼熟，但乔西亚不敢冒险登陆，因为礁滩看着很凶险，没有方便入港的地方。而且，岛上也不像有人居住的样子。比起他们被困的小岛，这座岛显然要富饶一些，至少岛上有像样的树木，还有不少灌木，应该会有更多的食物。

　　看来是他倒霉，被困在了更荒凉的岛上。不过，也没准儿是好运眷顾了他，因为被困的岛上有棚屋和鲸骨的拱门，触礁的礁滩也没那么大。这到底算倒霉还是走运，乔西亚也说不清。

　　他伸手去桶里拿了两个煮熟的鸟蛋剥了壳作为午餐，和齐克各吃了一个。

　　又过了两个小时，眼前出现了一座大岛，乔西亚立刻认出，那是楠塔基特岛的西北角，他激动得颤抖起来。齐克靠过来，呜咽着把脑袋贴在了小主人的腿上。

乔西亚眼中一热，他赶紧擦干涌出的泪水。原来这么近，这么近！可话说回来，没有能用的船，他和齐克根本没有办法离开荒岛。

"哦，妈妈！爸爸！"他含泪呼唤道。他说不清这声呼唤中包含的是感谢，是悲伤，还是如释重负，抑或是祈求原谅。

岛上，一个牧羊人正带着牧羊犬，在草地上放牧一群母羊，乔西亚在齐克的叫声中朝牧羊人挥手，牧羊犬转身望向他们，牧羊人却没有扭头。一瞬间，乔西亚感到不安起来，难道他还在梦里，没有人能看到他吗？他已经成了幽灵？

但他压下不安的情绪，大声对自己说道："不！现在做主的人是我。我们的安全、我们的性命都掌握在我自己的手里。"他抬眼望向天空，空中并没有降下驳斥的雷霆。

齐克附和着小主人的宣言，响亮地吠叫了一声，引得牧羊犬也汪汪叫了起来，这下牧羊人扭过头看见了他们，朝他们挥了挥手。

乔西亚脸上挂着笑："那个牧羊人认得出楠塔基特岛的孩子，齐克，我们快到家了，傍晚应该就能到。"

爱他的妈妈一定会激动地欢迎他。虽然他失踪了这么久，害得妈妈担心，但妈妈一定相信他还活着。

尾　声

　　乔西亚·斯塔巴克彻底甩掉脑中的杂念，他握紧舵柄，高高扬起打着补丁的风帆，依照记在心里的海图，径直朝家的方向驶去，家中热腾腾的晚餐正在等着他。

未来，属于终身学习者

我们正在亲历前所未有的变革——互联网改变了信息传递的方式，指数级技术快速发展并颠覆商业世界，人工智能正在侵占越来越多的人类领地。

面对这些变化，我们需要问自己：未来需要什么样的人才？

答案是，成为终身学习者。终身学习意味着永不停歇地追求全面的知识结构、强大的逻辑思考能力和敏锐的感知力。这是一种能够在不断变化中随时重建、更新认知体系的能力。阅读，无疑是帮助我们提高这种能力的最佳途径。

在充满不确定性的时代，答案并不总是简单地出现在书本之中。"读万卷书"不仅要亲自阅读、广泛阅读，也需要我们深入探索好书的内部世界，让知识不再局限于书本之中。

湛庐阅读 App: 与最聪明的人共同进化

我们现在推出全新的湛庐阅读 App，它将成为您在书本之外，践行终身学习的场所。

- 不用考虑"读什么"。这里汇集了湛庐所有纸质书、电子书、有声书和各种阅读服务。
- 可以学习"怎么读"。我们提供包括课程、精读班和讲书在内的全方位阅读解决方案。
- 谁来领读？您能最先了解到作者、译者、专家等大咖的前沿洞见，他们是高质量思想的源泉。
- 与谁共读？您将加入优秀的读者和终身学习者的行列，他们对阅读和学习具有持久的热情和源源不断的动力。

在湛庐阅读 App 首页，编辑为您精选了经典书目和优质音视频内容，每天早、中、晚更新，满足您不间断的阅读需求。

【特别专题】【主题书单】【人物特写】等原创专栏，提供专业、深度的解读和选书参考，回应社会议题，是您了解湛庐近千位重要作者思想的独家渠道。

在每本图书的详情页，您将通过深度导读栏目【专家视点】【深度访谈】和【书评】读懂、读透一本好书。

通过这个不设限的学习平台，您在任何时间、任何地点都能获得有价值的思想，并通过阅读实现终身学习。我们邀您共建一个与最聪明的人共同进化的社区，使其成为先进思想交汇的聚集地，这正是我们的使命和价值所在。

CHEERS

湛庐阅读 App
使用指南

读什么
- 纸质书
- 电子书
- 有声书

怎么读
- 课程
- 精读班
- 讲书
- 测一测
- 参考文献
- 图片资料

与谁共读
- 主题书单
- 特别专题
- 人物特写
- 日更专栏
- 编辑推荐

谁来领读
- 专家视点
- 深度访谈
- 书评
- 精彩视频

HERE COMES EVERYBODY

下载湛庐阅读 App
一站获取阅读服务

Arch of Bone by Jane Yolen
Copyright © 2021 by Jane Yolen
Interior and cover design by Elizabeth Story
Illustrations and cover art by Ruth Sanderson
Published by arrangement with JABberwocky Literary Agency, Inc., through The Grayhawk Agency Ltd.
All rights reserved.

本书中文简体字版经授权在中华人民共和国境内独家出版发行。未经出版者书面许可，不得以任何方式抄袭、复制或节录本书中的任何部分。

版权所有，侵权必究。

图书在版编目（CIP）数据

白鲸男孩乔西亚 /（美）简·约伦（Jane Yolen）著；周莉译 . -- 杭州：浙江教育出版社, 2024.8. -- ISBN 978-7-5722-8270-6

Ⅰ . I712.45

中国国家版本馆 CIP 数据核字第 20247FJ224 号

浙江省版权局
著作权合同登记号
图字 : 11-2024-276 号

上架指导：儿童文学 / 心灵成长

版权所有，侵权必究
本书法律顾问　北京市盈科律师事务所　崔爽律师

白鲸男孩乔西亚
BAIJING NANHAI QIAOXIYA

［美］简·约伦（Jane Yolen）著　周莉 译

责任编辑：李　剑　刘亦璇
美术编辑：韩　波
责任校对：傅美贤
责任印务：陈　沁
封面设计：章艺瑶

出版发行：	浙江教育出版社（杭州市环城北路 177 号）		
印　　刷：	唐山富达印务有限公司		
开　　本：	880mm×1230mm 1/32	插　　页：	1
印　　张：	7.125	字　　数：	159 千字
版　　次：	2024 年 8 月第 1 版	印　　次：	2024 年 8 月第 1 次印刷
书　　号：	ISBN 978-7-5722-8270-6	定　　价：	79.90 元

如发现印装质量问题，影响阅读，请致电 010-56676359 联系调换。